박정희 시집

박
정
희전
집
01

박정희 시집

박정희 탄생 100돌 기념사업 추진위원회 엮음

기파랑

박정희 전집을 펴내며

올해는 박정희 대통령이 태어나신 지 백 년이 되는 해(1917~2017)입니다.

박정희 대통령은 민족사 5천 년을 통해 거의 유일하게 사람들에게 영감을 준 리더였고 그 비전을 몸으로 실천한 겨레의 큰 공복(公僕)이었습니다. 그래서 노산 이은상 선생은 박정희 대통령을 '세종대왕과 이순신 장군을 합친 민족사의 영웅'이라 칭했을 것입니다. 그런 거인의 탄신 백 주년이 온 나라의 축제가 되지 못하고 아직도 공(功)과 과(過)를 나누어 시비하고 있으니 참으로 안타까운 일이 아닐 수 없습니다. 그러나 오늘날의 대한민국이 박정희 대통령의 비전에 의하여 설계되었고 그분의 영도력으로 인류역사에 유례없는 경제발전을 이루었다는 데 대하여는 모두가 동의하고 있다고 생각합니다. 이제 큰 것은 보지 못하고 작은 것으로 흠을 삼는 역사적 단견(短見)에서 벗어나길 간절히 바랍니다.

애국(愛國)과 애족(愛族)은 박정희 대통령의 혈맥을 타고 흐르는 신앙이었습니다. 그 신앙으로 박정희 대통령은 가난을 추방했고, 국민들에게 우리도 할 수 있다는 자신감을 심어 주었습니다. 그 결과 우리 민족은 5천 년의 지리멸렬한 역사를 끊어 내고 조국근대화와 굳건한 안보를 달성할 수 있었습니다. 민족 개조와 인간정신 혁명, 그것이 바로 박정희 정신입니다. 그 정신을 이어 가는 것이 현재를 살고 있는 우리의 사명일 것입니다.

박정희 대통령 탄신 백 주년을 맞아 그분의 저작들을 한데 모으는 작업은 역사에 대한 최소한의 예의입니다. 그것은 감사의 표현인 동시에 미래에 대한 결의이기도 합니다.

박정희 대통령은 생전에 네 권의 저서를 남겼습니다. 『우리 민족의 나갈 길』, 『국가와 혁명과 나』, 『민족의 저력』, 『민족중흥의 길』이 그것인데, 우리 민족의 역사와 가야 할 길에 대한 탁월한 예지가 돋보이는 책들입니다. 그 네 권의 초간본들을 영인본으로 만들고, 거기에 더해 박정희 대통령의 시와 일기를 모아 별도의 책으로 묶었습니다.

박정희 대통령은 다방면에 재능이 풍부한 분이셨습니다. 〈새마을 노래〉를 직접 작사, 작곡한 것은 많이 알려져 있지만, 직접 그림도 그리고 시도 썼다는 사실은 의외로 아는 사람이 많지 않습니다. 문학가가 보기에는 아쉬운 점이 있을지 모르지만 박정희 대통령의 시에 담긴 애국과 애족의 열정은 그 형식을 뛰어넘는 혼이 담겨 있다고 할 수 있습니다. 특히 아내를 잃고 쓴 사부곡(思婦曲)들은 우리에게 육영수 여사에 대한 기억과 함께 옷깃을 여미게 하는 절절함이 가득합니다.

또한 후손들이 박정희 대통령의 저작들을 쉽게 읽게 하자는 취지에서 네 권의 정치철학 저서를 일부 현대어로 다듬고 풀어 써 네 권의 '평설'로 만

들었습니다. 방향을 잃고 표류하는 대한민국에 큰 지표가 되리라 생각합니다. 부족한 부분에 대한 아쉬운 마음이 없지 않으나 그나마 처음 시도된 작업이라는 사실로 위안을 삼고자 합니다. 질책 주시면 기꺼이 반영하여 더욱 완성도 높은 저작집으로 만들어 나가겠습니다.

늦게나마 박정희 대통령의 영전에 이 저작집을 바칠 수 있게 되어 기쁩니다.
이 작업은 박정희대통령기념재단 좌승희 이사장 이하 임직원 여러분의 적극적인 지원과 많은 분들의 협조가 없었더라면 결코 쉽지 않았을 일입니다. 『박정희 전집』 편집위원 여러분과 평설을 담당하신 남정욱 교수, 그리고 흔쾌히 출간을 맡아 주신 기파랑의 안병훈 사장께도 깊은 감사의 말씀을 드립니다.

박정희 대통령님! 대통령님을 우리 모두 기리오니 편안히 잠드소서.

박정희 탄생 100돌 기념사업 추진위원회
위원장 **정홍원**

『박정희 시집』을 펴내며

널리 알려진 대로, 교사, 군인이자 정치인인 박정희는 전 생애에 걸쳐 꾸준하게 글을 써 왔다. 풍부한 양의 일기 기록은 물론이고, 자신을 보좌했던 사람들에게 틈만 나면 손편지를 보내 자신의 메시지를 전하며 특별한 소통의 수단으로 삼았다. 그에게 글쓰기란 삶과 정치행위의 일부였다는 뜻인데, 적지 않은 시작품을 남긴 것도 우연일 리 없다.

박정희의 현존하는 시작품은 모두 30편이며, 이 중 상당수는 육필 원고까지 보존돼 있다. 『박정희 시집』은 그 전체 시작품을 담았는데, 현재 입수할 수 있는 육필 원고가 있을 경우 그걸 함께 수록하는 걸 원칙으로 했다.

30편의 시는 양적으론 그리 많다고 볼 순 없지만, 그의 생애 연구에서 빠뜨릴 수 없는 자료다. 10대 시절인 일제하에 쓴 두 편의 시를 시작으로, 타계 전까지 꾸준하게 작품을 썼다는 점도 특기해야 한다. 그가 평생 시 장르를 가까이해 왔다는 뜻이다. 향후 그의 시작품이 추가로 발굴될 가능성도 배제할 수 없다.

현존 박정희 시의 적지 않은 분량은 1989년 유족 측이 공개한 일기장에서 그날그날의 기록 형태로 발견됐다. 여타 시인들처럼 문단에 데뷔한 뒤 창작 과정을 거쳐 문예지에 발표하는 경로를 거친 게 아니라, 당신의 사적

인 기록 안에 때로 운문(韻文) 형태로 메모를 해 둔 것이다. 당시 공개된 일기의 분량은 미공개 일기 전체의 극히 일부분인데, 추후 전체가 공개될 경우 곳곳에 숨겨져 있을 시작품이 온전한 제 모습을 드러낼 것으로 우린 기대한다.

『박정희 시집』수록 작품들 가운데는 육필 원고에서 보듯 제대로 행갈이를 하고 제목까지 직접 단 것도 일부 있다. 그건 박정희 본인이 시작품이라는 걸 의식하고 공들여 창작한 경우다. 하지만 대충 행갈이하고, 제목도 생략하는 일이 더 잦았던 게 사실이다. 다른 등단 시인들처럼 정교한 퇴고(推敲)와 첨삭의 과정을 거칠 시간 자체가 없었던 것이다. 그렇다고 기록으로서 가치가 떨어지는 건 결코 아니다.

일제하 1930년대에 쓰여진 두 작품이 식민지 치하라는 어려운 시대 상황에도 불구하고 놀랍도록 당당한 소년의 기개를 담아 우릴 거듭 놀라게 한다면, 6·25전쟁 시기인 1951년 대한민국 장교로서 쓴 작품도 있다. 5·16 혁명 직전의 급박한 심경과 우국충정을 담은 애국시도 눈여겨볼 만하다. 그런가 하면 연애시로 분류되는 작품을 꽤 많이 남겼다. 아내 육영수와의 달달한 신혼 시절부터 사별 후의 절절한 그리움까지를 담은 인간미 풍부한 시가 절반 넘는 16편에 이르는데, 이는 박정희를 정치인과 또 다른 각도에서 입체적으로 바라봐야 한다는 걸 일깨워 주는 자료로 손색없다.

　이번 『박정희 시집』은 2017년 6월 기파랑에서 펴낸 『남편 두고 혼자 가는 버릇 어디서 배웠노』의 개정증보판으로 꾸며졌다. 시집을 펴낸 뒤 독자들로부터 적지 않은 관심을 받은 것이 사실인데, 차제에 시집으로서 완성도를 올리기 위한 개정증보 작업 끝에 이 책을 펴낸다.

　개정증보판이 초판과 다른 곳은 꽤 많은데, 우선 시 네 편을 추가로 수록했다. 무엇보다 1970년대 전 국민이 부르고 온 국토를 가득 채웠던 노래 〈새마을 노래〉와 〈나의 조국〉의 가사를 포함시켰다. 우린 그걸 당당한 시작품으로 평가하는데, 이유는 두 시가 박정희 작사이기 때문이다. 그런 차원을 넘어 20세기 한국어로 쓰여진 시작품 중 가장 널리 알려지고 애송된 운문이며, 개발시대 한국인의 집단정서에 가장 큰 영향을 준 문제작이기도 하다. 그게 『박정희 시집』을 펴내는 우리의 판단인데, 시집 수록을 계기로 앞으로 더 많은 공감을 얻길 기대한다.

　무엇보다 이 시집은 문학과 비문학을 가르는 종래의 칸막이 개념을 뛰어넘어 꾸며졌다. 즉, 박정희의 운문 기록은 학교 국어시간에 가르치는 시작품 개념을 떠나 한 위대한 정치인의 속마음과 생애사를 보여 주는 훌륭한 물증이다. 그 문제를 큰 시야 속에서 음미해 보는 시 해설을 뒤에 배치한 것도 이번 개정증보판의 새로운 점이다. 이에 따라 초판에 수록했던 일기의 분량을 조금 줄이고 총 4점의 스케치 그림도 1점만 남기고 전부 뺐는데 그 건 시작품에 온전히 집중하자는 뜻이다.

차제에 편집의 원칙도 밝혀 두는데, 시 제목이 별도로 없을 경우 시 본문에서 뽑아 제목으로 삼았다. 또 행갈이가 만족스럽게 되지 않았을 경우 책을 펴낸 이가 적절히 바로잡는 과정을 거쳤다. 일기도 그러한 과정을 거쳤음을 밝혀 둔다. 맞춤법이 요즘과 다른 게 적지 않은데 명백한 잘못은 대부분 현행 맞춤법을 기준으로 바로잡았다. 시와 일기의 발표 시기는 본인이 밝히지 않은 것도 일부 있는데, 그 경우 '○○년 추정'이라고 해당 시 말미에 부기해 일관성을 지키려 했다. 시와 일기의 싣는 순서는 일단 집필순을 원칙으로 했으나 반드시 그대로 한 것만은 아니다.

앞으로 박정희 시작품과 관련한 논의의 기준은 『박정희 시집』이라는 점을 일러둔다. 우리가 기대하는 건 정치인이자 군인인 박정희가 자투리 시간을 틈타 시도 썼다는 그런 차원의 한가한 얘기가 아니다. 2017년으로 탄생 100돌을 맞는 현대사의 문제적 인물 박정희에 대한 온전한 이해와 공감을 우리는 원한다. 그간의 낡은 고정관념과 정치적 편견을 떨쳐내고 그의 너른 가슴을 새롭게 들여다볼 기회가 바로 지금이다. 부디 이 시집이 20세기 대한민국이 낳은 위대한 정치인의 숨결을 음미해 보고 그의 진면목을 가늠하는 중요한 자료로 활용되길 기원한다.

박정희 탄생 100돌 기념사업 추진위원회

차례

제1부

나의 조국

金剛山 一万二千峰, 너는世界에名山!

아! 네몸은 아름답고 森嚴함으로

天下에일홈을 떨치는대,

다같은 三千里 剛山에사는 우리 들 그

미같이 헐버사니 (果然) 네에對하야 머리를 들

수없다. 金剛山아. 우리도 奮圖하야

너와함끼 天下에 자랑하게—.

溫井里에서

朴正熙 씀.

금강산

금강산 일만 이천 봉, 너는 세계에 명산!

아! 네 몸은 아름답고 삼엄함으로

천하에 이름을 떨치는데

다 같은 삼천리 강산에 사는 우리들은

이같이 헐벗으니 과연 너에 대하여 머리를 들 수 없다

금강산아, 우리도 분투하야

너와 함께 천하에 찬란하게!

온정리에서

정희 씀

(1934년)

대구사범학교 3학년 때 금강산 여행 중 썼다. 현존하는 박정희의 글과 글씨 중 가장 오래된 것이다.

대자연

정원에 피어난

아름다운 장미꽃보다도

황야의 한구석에 수줍게 피어 있는

이름 없는 한 송이 들꽃이

보다 기품 있고 아름답다

아름답게 장식한 귀부인보다도

명예의 노예가 된 영웅보다도

태양을 등에 지고 대지를 일구는 농부가

보다 고귀하고 아름답다

하루를 지내더라도 저 태양처럼

하룻밤을 살더라도 저 파도처럼

느긋하게, 한가하게

가는 날을 보내고 오는 날을 맞고 싶다. 이상.

(1936년)

대구사범학교 5학년 때 『교우회지』 제4호에 발표

담배 연기와도 같은 인생이여

하늘도 자고 땅도 자고
사람도 잠자는 고요한 밤
벌레 소리 처량히 들려오는
어두운 가을 밤
길게 내뿜는 담배 연기만
어둠 속에 흡수되어 버리고
캄캄한 어둠 속에 한없이 헤매고 찾아도
담배 연기처럼 걷잡을 수 없는
길고 고요한 가을 밤

길고 아득한 유구한 역사 속에
찰나 찰나의 생명을 연결하는 인간이
그러나 찰나에 사라질 담배 연기처럼
사라져 버릴 인간이란 것을 알면서도
찰나가 기쁘고 찰나가 섧다는 것을
인생이라 일컬으면서도 몹시도 허둥지둥하는 것이
어리석고 가엾구려

담배 연기와도 같은 인생이여!

호호창창한 내일의 역사의 막(幕)

그 속에 무한한 기대와 희망조차 없이

그러나 막연히 기다려지는 인생의 삶

지구는 돌고 역사는 가고

세월 흐르고 인생은 늙고

밤이 가면 내일에 새 날이 온다는 것은

가을밤 어둠 속에 사라지는 연기처럼 삭막한

인생의 부질없는 노릇이여.

(1951년 10월 30일)

이등객차에 불란서 시집을 읽는 소녀야

땀을 흘려라!
돌아가는 기계 소리를
노래로 듣고

이등객차에
불란서 시집을 읽는
소녀야
나는, 고운
네
손이 밉더라.

(1961년 중반 추정)

국민에게

황파(荒波)에 시달리는 삼천만 우리 동포
언제나 구름 개이고 태양이 빛나리
천추(千秋)에 한이 되는 조국 질서 못 잡으면
내 민족 앞에 선혈 바쳐 충혈 원혼 되겠노라.

향토 선배에게

영남에 솟은 영봉 금오산아 잘 있거라
3차 걸쳐 성공 못 한 흥국(興國) 일념 박정희는
일편단심 굳은 결의 소원 성취 못 하오면
쾌도 할복 맹세하고 일거귀향 못 하리라.

(1961년 4월 18일)

5·16 거사 직전. 매형인 한정봉에게 보낸 편지 속에 쓴 시들

금오산아 잘 있거라

황파에 시달리는 삼천만 우리 동포
언제나 구름 개고 태양이 빛나리
천추에 한이 되는 조국질서 못 잡으면
선혈 바쳐 넋이 되어 통곡하리라

영남에 솟은 영봉 금오산아 잘 있거라
세 번째 못 이룬 성공 이룰 날 있으리라
대장부 일편단심 흥국일념 소원성취
못 하오면 돌아오지 아니하리라.

(1964년 추정)

앞의 「국민에게」와 「향토 선배에게」를 각각 1, 2절로 하고 시구를 좀 더 대중적이고 부드럽게 바꾸어 1964년 대중가요로 발표(작곡 박시춘, 노래 박재홍)

건설하는 아침

일요일 이른 아침인데도
해머 소리 요란하게 창가에 들리고
길 가는 사람마다 발걸음은
빠르기만 하다

이 강산 도처에서 건설과 생산과
또 생각하고 궁리하고 창조하는
인간의 이룩함이 물결치고 있다

붉은 침략자를 무찌르기 위한 젊은이들의 눈동자가
휴전선 150마일에서 태백산 산봉우리에서
샛별처럼 반짝이고 날카롭게 응시한다

이 거창한 대열에 너도 나도
우리 다 같이 참여하여
위대한 나라 위대한 역사를 창조하는
보람을 가지자

부지런하고 상냥하고 마음씨 고운 슬기로운 이 겨레에게

영광과 행복이 있으리

메마른 산과 들과 마을에도

새로운 생기가 약동한다

넓게 멀리 쭉쭉 뻗어 나는 큰길

우뚝 우뚝 솟은 공장

물결처럼 달리는 차량

모든 것이 움직이고 모든 것이 달린다

그리고 앞으로 전진한다

5천 년 만에 처음 보는 건설의 붐

쉬지 말고 쉬지 말고 앞으로 달리자

이 목숨이 다하는 그 순간까지

먼 훗날에 슬기로운 조상이었다고

우리 후손들이 이야기할 수 있게끔

위대한 조상이었다고 자랑할 수 있게끔.

(1968년 12월 1일)

1968. 12. 1. (일요일)

詩   "건설 하는 아침"

日曜日 이른 아침 인데도
햇마소리 오란 하게 (庭)가에 들니고
길가는 사람마다 발거름은
빠르기 만 하다.

이 江山 도처 에서 건설과 생산
과, 또 생각하고 궁리 하고 창조
하는 人間의 이룩햤이 물결
치고 있다.

붉은 침략자 를 못 찌르기 위한
굳은이 들의 눈동자 가 休戰
線 150 마일 에 서 太白山 山
봉우리 에서 샛별 처럼 반
짝이고 날카룹게 응시 한다.

이 巨創한 隊列에 너도 나도
우리 다같이 참여하여, 偉大한
나라 偉大한 歷史를 창조하는
보람을 갖이자.

*

부지런하고, 상냑하고 마음씨
고은 슬기로운 이 겨례에게
영광과 행복이 있으리.

그래 마른 山과 들과 마을에도
새로운 생기가 약동한다.

넓게, 멀리 쭉쭉 뻗어 나는
큰길, 웃득 웃득 소슨 공장
물결 처럼 달리는 차량,

모든것이 움직이고 모든것이
달린다.
그리고 앉으는 전진 한다

5천년 만에 처음 보는 건설의
꿈.
쉬지말고 쉬지 말고 앞으로만
뛰자。 이목숨이 다하는 그 순간
까지。

먼 훗날에 슬기로운 조상이
였다고 우리 후손들이 이야기
할수 있겠고。

偉大한 조상이 였다고 자랑
할수 있겠금.
    1968. 12. 1.(열도일 淸, 溫)

오곡백과 풍성하니

오곡백과 풍성하니 올해도 대풍일세

선영에 참배하여 국태민안 기원하니

추석 달 높이 떠서 이 강산을 편조(遍照)터라

옛 동산에 올라서니 추색(秋色)이 가득하네

흘러간 옛 추억은 여기저기 남았는데

마을 사람 십중팔구 낯선 사람들뿐이더라.

(1975년 9월 21일)

고향 선영의 추석 성묘를 마치고 고속도로를 타고 돌아오는 길에 둥근 달을 쳐다보며 만감에 잠겨
이날 일기 끄트머리에 쓴 시

제야除夜

지구는 돌고 돌고
일월(日月)이 가고 또 오고
세월은 흘러 흘러
역사의 수레바퀴는
앞으로 또 앞으로 굴러가는데
인생은 늙고 또 가노니

세월과 인생과 역사가
서서히 장엄하게
움직이는 모습이
눈으로 완연히 보이는 듯한
제야의 종소리는
은은히 흘러서
그믐 밤 어둠 속으로
멀리 멀리 사라져 가도다.

(1975년 12월 31일)

추석유감 秋夕有感

팔월 한가위
해가 뜨고 달이 지고 지구가 돌고 돌면
해마다 가을이면 이날이 오건만은
올해는 보기 드문 풍년 중에도 대풍년
농민들의 흘린 땀이 방울 방울 결실했네

높고 맑은 가을 하늘 아래
들과 산에 단풍이 물들어 가는데
오곡이 풍성하고 백과(百果)가 익어 가니
나라는 기름지고 백성은 살쪄 가니
이 어찌 천우(天祐)와 조상의 보살핌이 아니랴

국화의 향기 드높은 중천에
팔월 대보름 둥근 달 높이 떠서
온 누리를 비치니 격양가(擊壤歌)도 높아라

이 강산 방방곡곡에 풍년이 왔네
이 강산 좋을시고 풍년이 왔네.

(1976년 9월 26일)

거북선

남들은 무심할제 님은 나라 걱정했을

남들은 못미친생각 님은 능히 생각했소

거북선 만드신 뜻을 이어 받드옵니다

박 정 희

거북선

남들은 무심할 제 님은 나라 걱정했고
남들은 못 미친 생각 님은 능히 생각했소
거북선 만드신 뜻을 이어 받드옵니다.

박정희

(1960년대 후반 추정)

1971년 한국시조작가협회(회장 이은상)가 출간한 시조집 『거북선』에 친필 휘호와 함께 실렸다.

새마을 노래

1.

새벽종이 울렸네
새 아침이 밝았네
너도 나도 일어나
새마을을 가꾸세

(후렴)
살기 좋은 내 마을
우리 힘으로 만드세.

2.

초가집도 없애고
마을 길도 넓히고
푸른 동산 만들어
알뜰살뜰 다듬세

(후렴)
살기 좋은 내 마을
우리 힘으로 만드세.

3.

서로서로 도와서

땀 흘려서 일하고

소득증대 힘써서

부자마을 만드세

(후렴)

살기 좋은 내 마을

우리 힘으로 만드세.

4.

우리 모두 굳세게

싸우면서 일하고

일하면서 싸워서

새 조국을 만드세

(후렴)

살기 좋은 내 마을

우리 힘으로 만드세.

(1972~73년)

새마을운동을 범국민운동으로 확산시키는 데 결정적으로 기여한 노래. '잘살아 보자'는 한국인의
비전을 소박한 노랫말과 쉽고도 흥겨운 민요풍 5음 장조 가락에 성공적으로 녹여 내어, '역사상
가장 성공적인 한국어 운문'으로 평가된다.

새마을 노래

1.
새벽종이 울렸네
새아침이 밝았네
너도나도 일어나
새마을을 가꾸세
살기좋은 내마을
우리힘으로 만드세

1972. 5. 9.

2.
초가집도 없애고
마을길도 넓히고
푸른동산 만들어
아름께 좋은
살기좋은 내마을
우리힘으로 만드세

3.
서로서로 도와서
땀흘려서 일해서
소득증대 힘써서
부자마을 만드세
살기좋은 내마을
우리힘으로 만드세

끝

4. (추가신설)
우리모두 굳세게
싸우면서 일하고
일하면서 싸워서
새조국을 만드세

4절까지 완성된 「새마을 노래」육필(세로본). 당초 3절까지를 1972년 5월 9일 완성하고 3절 아래 '끝'이라 썼다가. 4절('추가신설')을 마저 쓰고 '1973. 11. 22 내장사에서 작사'라고 밝혔다.

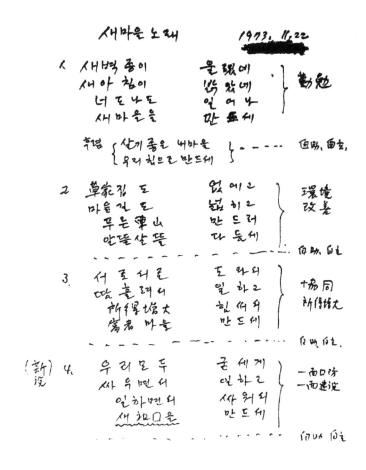

「새마을 노래」의 또 다른 육필(가로본). 1절 '근면'. 2절 '환경 개선'. 3절 '협동. 소득증대'. 4절 '일면 국방. 일면 건설'. 그리고 네 번의 후렴 자리마다 '자조. 자립'이라 쓴 것은 '근면. 자조. 협동'의 새마을정신을 구체화한 것이다. 맨 위 고쳐쓴 날짜와 맨 아래 4절 앞의 '신설'이라는 글자가. 4절로 확대 완성한 날이 이날임을 말해 준다.

나의 조국

백두산의 푸른 정기 이 땅을 수호하고
한라산의 높은 기상 이 겨레 지켜 왔네
무궁화꽃 피고 져도 유구한 우리 역사
굳세게도 살아왔네 슬기로운 우리 겨레

영롱한 아침 해가 동해에 떠오르면
우람할손 금수강산 여기는 나의 조국
조상들의 피땀 어린 빛나는 문화유산
우리 모두 정성 다해 길이길이 보전하세

삼국통일 이룩한 화랑의 옛 정신을
오늘에 이어받아 새마을정신으로
영광된 새 조국의 새 역사 창조하여
영원토록 후손에게 유산으로 물려주세.

(1972년 7월)

<새마을 노래>의 성공 직후 바로 만들어진 후속 노래. 이번에는 비장하면서도 힘찬 군가 풍의 단조 가락에 긍정과 낙관, 그리고 미래 지향의 역사관을 담았다.

제2부

임과 함께 놀던 곳에

춘삼월 소묘

벗꽃은 지고 갈매기 너울너울
거울 같은 호수에 나룻배 하나
경포대 난간에 기대인 나와 영(英)

노송은 정정 정자는 우뚝
복숭아꽃 수를 놓아 그림이고야
여기가 경포대냐 고인도 찾더라니

거기가 동해냐 여기가 경포대냐
백사장 푸른 솔밭 갈매기 날으도다
춘삼월 긴긴 날에 때 가는 줄 모르도다

바람은 솔솔 호수는 잔잔
저 건너 백사장에 갈매기떼 희롱하네
우리도 노를 저으며 누벼 볼거나.

경포대에서

(1951년 4월 25일)

영수英修의 잠자는 모습을 바라보고

밤은 깊어 갈수록 고요해지는군
대리석과도 같이 하이얀 피부
복욱(馥郁)*한 백합과도 같이 향훈(香薰)을 뿜을 듯한 그 얼굴
숨소리 가늘게, 멀리 행복의 꿈나라를 거니는
사랑하는 나의 아내, 잠든 얼굴 더욱 어여쁘군

평화의 상징!
사랑의 권화(權化)!
아! 그대의 그 눈, 그 귀, 그 코, 그 입
그대는 인(仁)과 자(慈)와 선(善)의 세 가닥 실로써 엮은
일폭(一幅)의 위대한 예술일진저
옥과도 같이 금과도 같이
아무리 혼탁한 세속에 젖을지언정
길이 빛나고 길이 아름다워라

나의 모든 부족하고 미급(未及)한 것은
착하고 어질고 위대한 그대의 여성다운 인격에
흡수되고 동화되고 정화(精化)되어
한 개 사나이의 개성으로 세련하고 완성하리

행복에 도취한 이 한밤 이 찰나가

무한한 그대의 인력으로써 인생 코스가 되어 주오

그대의 안면(安眠)의 모습을 바라보고

이 밤이 다 가고 새 날이 오도록

나는 그대 옆에서 그대를 보고 앉아

행복한 이 시간을 영원히 가질 수 있도록

기도하고 있다.

(1952년 7월 2일)

* 향기가 그윽함

吸收되고 同化되여 精化되여

한 伯姓의 伯姓을 烘練하고 淨化하리

幸福에 陶醉한 이한 刹那가

無限한 그대의 魅力으로서 人生코스가 되여주오

그대의 安眠의 모습을 바라보고

나는 그대 밑에서 그대를 보고있어

幸福한 이 時間이 永遠에 가질수 있도록

祈禱하고 있다오

영우의 잠자는 모습은 天眞하고

밤은 길어갈수록 곱□래지는군□

大理石과도 같이 하이얀 皮膚

馥郁한 百合과도

슬프리가 높게 멀리 이□□

福과 꿈 나라로 거니는

사랑하는 나의 안해

□든열□□ 더욱 어엿부만

平和의 象徵!

사랑의 權化!

아 그대의 그눈 그귀 그코 그입.

그때는, 仁과 慈와 兼□ 위세가 막□□□로써 역□

一幅의 偉大한 藝術일진□

玉과도 같은 金과도 같이

아모리 混濁한 世俗에 저즌□□

□□□□ 기□에 나□□위□라

나의 모□든 주足하고 未及한 것은

착하고 어질고 偉大한 그대의 女性 띠운 人格이

喪家에는
무거운 沈默속에

매미 소리 씨롱 씨롱、
씨롱 씨롱 만이
가신 넘을 그리워 하는 듯

八月의 太陽아래
붉게 물드린 百日紅이

마음의 傷處를 달래주는 듯、

한송이 흰 末蓮이
봄바람에 지드시

英修만 혼자가고
나만 홀로 남었으니

斷腸의 이 슬픔을
어다다 呼訴 하리

한 송이 흰 목련이 봄바람에 지듯이

상가에는
무거운 침묵 속에
씨롱 씨롱 씨롱
매미 소리만이
가신 임을 그리워하는 듯

팔월의 태양 아래
붉게 물들인 백일홍이
마음의 상처를 달래 주는 듯

한 송이 흰 목련이
봄바람에 지듯이
영수만 혼자 가고
나만 홀로 남았으니
단장(斷腸)의 이 슬픔을
어디다 호소하리.

(1974년 8월 20일)

상가 세월 喪家歲月

상가 세월(喪家歲月)이라더니
당신이 간 지 벌써 십오 일
무더운 팔월도 다 가고
이제 내일이면 달이 바뀌어 구월

그동안 당신이 고이 잠든 유택(幽宅)에는
연일 수천 명의 참배객이 끊일 줄 모르니
영남 호남에서 천 리 길을 마다 않고 찾아온
남녀노소의 조객들
당신의 무덤 앞에 향을 올리고 슬픔을 참지 못하여
오열의 나머지 그자리에 쓰러져 땅을 치는
저 착한 동포들의 거짓 없는 순정을
당신의 영혼인들 모를 리가 없겠지

생전에 남을 사랑하던 당신의 그 인정이

모든 사람들 가슴마다 고루고루 심어 두고 갔으니

그 착하고 어진 마음씨는

이 겨레의 가슴속에

길이 길이 살아 있으리.

(1974년 8월 31일)

生前에, 남을 사랑하는 당신의 그 人情이
모든 사람들 가슴마다 고루고루 심어두고 갔으니
그 착한 어진 마음씨는
이겨레의 ~~부레레의~~ 가슴속에
기리기리 살아 있으리.

八.三一.

喪家歲月

喪家歲月이라드니
당신이 간지 벌써 十五日
무더운 八月도 다가고
이제 末日이면 달이 바뀌어 九月

그동안 당신이 고이잠든 墓所에는
連日 數万名의 參拜客이 꿈일줄 몰으니
嶺南 湖南에서 千里길을 마다않고 찾어온
男女老少의 吊客들이
당신의 무덤앞에 香을 올리고 눈물을 참지못하여
嗚咽과 나무지 그자리에 쓰러져 땅을 치는
저 착한 同胞들의 거짓없는 純情을
당신의 靈魂인들 몰을리가 없겠지.

추억의 흰 목련

하늘도 울고 땅도 울고
산천초목도 슬퍼하던 날

당신의 마지막 가는 길을 지켜보는
겨레의 물결이 온 장안을 뒤덮고
전국 방방곡곡에 모여서 빌었다오
가신 임 막을 길 없으니
부디 부디 잘 가오
편안히 가시오
영생극락하시어
그토록 사랑하시던
이 겨레를 지켜 주소서

불행한 자에게는 용기를 주고
슬픈 자에게는 희망을 주고
가난한 자에는 사랑을 베풀고
구석 구석 다니며 보살피더니
이제 마지막 떠나니

이들 불우한 사람들은

그 따스한 손길을

어디서 찾아보리

그 누구에게 구하리

극락 천상에서도

우리들 잊지 말고

길이 길이 보살펴 주오

우아하고 소담스러운

한 송이 흰 목련이

말없이 소리 없이

지고 가 버리니

꽃은 져도 향기만은

남아 있도다(유방천추遺芳千秋).*

(1974년 8월 31일)

* 남아 감도는 향기가 천 년을 감

가는 봄 앞에는 사랑을 베풀고
구석구석 다니며 보살펴드니
이제 마지막 떠나니
이들 구 遇한 사람들은
그 대스한 손길을
어디서 차저 보리
그 누구에게 求하리.

枯木 天上에서도
우리들 잊지 말고
기리기리 보살펴 주오.

무아하고 소담스러운
한송이 흰 木蓮이
말없이 소리없이
지고 가버리니
꽃은 저도 春風 받은
남아 있도다.

(遺芳千秋)

八三, 夜.

「追憶의 흰 木蓮」凸

하늘도 울고 땅도 울고
山川草木도 슬퍼하든날

당신의 마지막 가는길을 적혀보는
겨레의 물결이 온 長安을 비메뭣렜다오
全國坊坊蓥蓥에 모여서
가신님 먹은길 없으니
부디부디 잘 가시오
편안이 가시오
永生柾樂하시어
그토록 사랑하시든
이겨레를 직혀주소서

不幸한者에게는 勇氣를주고
슬은者에게는 希望을주고

꾳이 피는지 지는지

비가와도 바람이 부러도

새~~~~~~

꽃이 피고 꽃이 져도

밤이 가고 낮이 와도

당신은 아는지 모르는지

해가 뜨고 해가 져도

달이 뜨고 달이 져도

여름이 가고 가을이 와도

당신은 아는거 모르는거

九.
一
夜.

아는지 모르는지

비가 와도 바람이 불어도
꽃이 피고 꽃이 져도
밤이 가고 낮이 와도
당신은 아는지 모르는지

해가 뜨고 해가 져도
달이 뜨고 달이 져도
여름이 가고 가을이 와도
당신은 아는지 모르는지.

(1974년 9월 1일)

잊어버리려고 다짐했건만

이제는 슬퍼하지 않겠다고
몇 번이고 다짐했건만
문득 떠오르는 당신의 영상
그 우아한 모습
그 다정한 목소리
그 온화한 미소
백목련처럼 청아한 기품

이제는 잊어버리려고 다짐했건만
잊어버리려고 하면 더욱 더
잊혀지지 않는 당신의 모습
당신의 그림자
당신의 손때
당신의 체취

당신이 앉아 있던 의자

당신이 만지던 물건

당신이 입던 의복

당신이 신던 신발

당신이 걸어오는 발자국 소리

"이거 보세요" "어디 계세요"

평생을 두고 나에게

"여보" 하고 한 번 부르지 못하던

결혼하던 그날부터 이십사 년간

하루같이

정숙하고도 상냥한 아내로서

간직하여 온 현모양처의 덕을

어찌 잊으리. 어찌 잊을 수가 있으리.

(1974년 9월 4일)

당신의 그림자
당신의 손때
당신의 体臭.

당신이 앉어 있는 椅子
당신이 만지든 物件
당신이 입든 衣服
당신의 신든 신발
당신이 거러오든 발자국 소리
이거 보세요
여기 계세요

여보 하고 한번
平生을 두고
이거 보세요 하고
여보 하고 한번 부르지 못하든

結婚하는 그날부터 二十四年間
하루같이
성실한 아내로서
貞淑하여온 賢母良妻의 德을
어찌 잊을수가 있을리.
어찌 있을수가 있을리——

九月別 (水)

이제는 숨어하지 않겠던
몇번이고 다짐 했것만
문득 떠오르는 당신의 影像

그 優雅한 모습
그 다정한 목소리
그 溫和한 微笑

白木蓮처럼 淸雅한 氣品
이제는 잊어버리려고 다짐했것만
잊어버릴려고 하면 더욱더

잊혀지지 않는 당신의 모습

백일홍

당신이 먼 길을 떠나던 날
청와대 뜰에 붉게 피었던 백일홍과
숲속의 요란스러운 매미 소리는
주인 잃은 슬픔을 애달파 하는 듯
다소곳이 흐느끼고 메아리쳤는데

이제 벌써 당신이 가고 한 달
아침 이슬에 젖은 백일홍은
아직도 눈물을 거두지 못하고 있는데

매미 소리는 이제 지친 듯
북악산 골짜기로 사라져 가고
가을빛이 서서히 뜰에 찾아드니
세월이 빠름을 새삼 느끼게 되누나

여름이 가면 가을이 찾아오고

가을이 가면 또 겨울이 찾아오겠건만

당신은 언제 또다시 돌아온다는 기약도 없이

한번 가면 다시 못 오는 불귀의 객이 되었으니

아, 이것이 천정(天定)의 섭리란 말인가

아, 그대여. 어느 때 어느 곳에서 다시 만나리.

(1974년 9월 14일)

여름이 가면 가을이 찾어오고

가을이 가면 또 겨울이 찾어오겠것만

당신은 언제 또다시 도라오다는 기약도 없이

한번 가면 다시 못오는 不歸의 길이 되었다

아, 이것이 天定의 攝理란 말인가

아, 그대여. 어느때 어느곳에서 다시 맛나리!

九月南

百日紅

당신이 먼 길을 떠나든 날

靑瓦은 뜰에 붉게 되었든 百日紅. 과

숲속의 오란 스러운 매미소리는

主人잃은 숲은울 애닳퍼하는듯

다소곳이 흐느끼고 매아리 쳤느데

이제 벌써 당신이가고 한달

아침이슬에 저준 百日紅은 아직도 눈물을 거두지

못하고 있는데. 매미소리는 어제 지친듯 北岳山

곧 째기곤 사라저가고 가을볏이 徐々이 뜰에

찾어드니 歲月이 빠름을 새삼 늣기게 되노나

당신이 그리우면

당신이 이곳에 와서 고이 잠든 지 41일째
어머니도 불편하신 몸을 무릅쓰고 같이 오셨는데
어찌 왔느냐 하는 말 한마디 없소
잘 있었느냐는 인사 한마디 없소

아니야
당신도 무척 반가워서 인사를 했겠지
다만 우리가 당신 목소리를 듣지 못했을 뿐이야
나는 당신의 목소리를 들을 수 있어
내 귀에 생생히 들리는 것 같아
"당신도 잘 있었소
홀로 얼마나 외로웠겠소"

그러나 우리는 언제나 당신이 옆에
있다 믿고 있어요
언제까지나 언제까지나
당신이 그리우면
언제나 또 찾아오겠소

고이 잠드오

또 찾아오고 또 찾아올 테니

그럼 안녕.

(1974년 9월 30일)

저도猪島*의 추억

맴맴맴맴 씨르릉씨르릉
일 년 만에 다시 찾아온 정든 섬에는
매미와 물새들이 옛 주인을 반기는 듯
성하(盛夏)의 태양이
백사장과 파도 위에
은빛같이 쏟아져서
눈부시게 반짝이고

암벽과 방파제에 부딪혀
산산이 부서진 백옥 같은 파도가
일파(一波) 이파(二波) 또 삼파(三波) 사파(四波)
온종일 반복해도 지칠 줄 모르고

만고풍상 다 겪은
이끼 낀 노송은
해풍과 얼싸안고
흥겹게 휘청거리네

* 진해 앞바다에 있는 작은 섬으로 박정희 대통령 시절 대통령 하계 휴양지였다.

지평선 저쪽에서
흰 구름 뭉게뭉게 솟아오르니
천 봉 만 봉
천태만상 현멸무상(現滅無常)이로세

밤하늘의 북두칠성은
언제나 천고의 신비를 간직하고
서산에 걸린 조각달은
밤이 깊어 감을 알리노니
대자연의 조화는 무궁도 하여라

해마다 여름이면
그대와 함께 이 섬을 찾았노니
모든 시름 모든 피로 다 잊어버리고
우리 가족 오붓하게
마음껏 즐기던 행복의 보금자리
추억의 섬, 저도

올해도 또 찾아왔건만
아, 어이된 일일까
그대만은 오지를 못하였으니

그대와 같이
맨발로 거닐던 저 백사장
시원한 저 백 년 넘은 팽나무 그늘
낚시질 하던 저 방파제 바위 위에
그대의 그림자만은 보이지 않으니

그대의 손때 묻은 가구 집기
작년 그대로 그 자리에 있는데
미소 띤 그 얼굴
다정한 그 목소리
눈에 선하고 귀에 쟁쟁하건만
그대의 모습은 찾을 길 없으니
보이지 않으니
어디서 찾을까

해와 달은
어제도 오늘도 뜨고 지고
파도 소리는
어제도 오늘도
변치 않고 들려오는데
임은 가고
찾을 길 없으니

저 창천에 높이 뜬 흰 구름 따라
저 지평선 너머 머나먼 나라에서
구만 리 장천 은하 강변에
푸른 별이 되어
멀리 이 섬을 굽어보며
반짝이고 있겠지

저─기, 저 별일까
저 별일 거야.

저도 해변에서

(1975년 7월 28일)

왼終日反覆해도 지치を 모으로

万古風霜 다겪은
이기진 老松은
海風과 언싸안고
흥껍게 위청서미네

地平線 저쪽에서
헌구름 붉게붉게 솟아오르니
千峰·万峰 劒峰
千態万像 現滅無常이로세

밤하늘의 北극 星은
어제나 千古의 神秘를 간직하고
西山에넘고
밤이 간다음은 알수나니

大自然과 造化는 無窮도 하여라.

七月二十八日(八月) 頃

猪島의 進境

맴맴맴   씨름씨름
一年만에 찾어온 僑 든 섬에는
　　　　(다시)
매미와 물새 들이 옛 주인을 반기는듯

盛夏의 太陽이
白沙場라 淸湯뒤에
銀빛같이 쏘따러서
눈부시게 빤짝이고

岩壁과 防波堤에 부디처
散々이 부서진 湖湧가 湯

一波 二波 또 三波 四派

눈에 선하고 귀에 생생히 벗만

그대의 모습은 찾을 뜻기진 데었으니

보이지 않으니

어디서나 찾을까

해와 달은

어제도 오늘도 뜨고 지고

따도 소리는

어제도 오늘도

풍차양고 들려오는데

님은 가고

찾을 길 없으니

저 蒼天에 놀이 뜬 흰 구름 따라

저 地平線 넘어 머나먼 나라에서!

九萬里 長天 銀河江 邊에

푸른 별이 되어

멀리 이념을 굽어보며

빤짝인 별 였겠지

저 - 기, 저 별인가.

저 별인 게야.

猪島海辺에서 -

해마다 여름이면
그대 와 함께 이 섬에 찾었노니
모든 시름 멀리 펼쳐 다 잊어버리고
우리 家族 오붓하게
마음껏 즐기든 幸福의 보금자리
追憶의 섬, 猪島

올해도 또 찾어왔것만
아, 이 된 일인가
그대 만은 오지를 못하였으니

그대와 같이
맨발로 거닐든 저 白沙場
시원한 저 亭子 넘은 팽나무 그늘
낚시질하든 저 防波堤 바위 위에
그대의 그림자 만은 보이지 않으니

그대의 손때 묻은 家具 차롬
빤히 그려로 그 자리에 있는데
微笑 띠던 그 얼굴
多情한 그 목소리

임과 함께 놀던 곳에(일수一首)

임과 함께 놀던 곳에
나 홀로 찾아오니
우거진 숲속에서
매미만이 반겨하네

앉은 자리 밟던 자국
체온마저 따스하여라
저도 섬 백사장에
모래마다 밟던 자국
파도 소리 예와 같네

짝을 잃은 저 기러기
나와 함께 놀다 가렴.

(1975년 8월 6일)

임이 고이 잠든 곳에

임이 고이 잠든 곳에
방초(芳草)만 우거졌네
백일홍이 빵긋 웃고
매미 소리 우지진데
그대는 내가 온 줄
아는지 모르는지

무궁화도 백일홍도
제철이면 찾아오고
무심한 매미들도
여름이면 또 오는데
인생은 어찌하여
한번 가면 못 오는고

임이 잠든 무덤에는

방초만 우거지고

무궁화 백일홍도

제철 찾아 또 왔는데

임은 어찌 한번 가면

다시 올 줄 모르는고

해와 달이 뜨고 지니

세월은 흘러가고

강물이 흘러가니

인생도 오고 가네

모든 것이 다 가는데

사랑만은 두고 가네.

(1975년 8월 14일)

님이고이 잠든곳에
芳草만 우어졌네
百日紅이 빠긋웃고
매미소리 우지진데
그대는 내가온줄
아는지 모르는지

×
×

무궁화도 百日紅도
제철이면 찾어오고
무심한
여름이면 매미들도
또오는데

人生은 어찌하여
한번가면 못오는고.

×
×

님이잠든 무덤에는
芳草만 우어지고
無窮花도 百日紅도
제철찾어 다왔는데

님은어찌 한번가면
다시올줄 몰으는고

×
×

해와달은 뜨지고
江月은 흘러가고
人生도 오고가네

×
×

모든것이 따가는데
사랑만은 두고가네

歲月은 흘러흘러

꽃은 갔다가 다시돌아 왔건만

人生은 나그네처럼

잠깐왔다가 한번 떠나가면

다시 도라올줄 몰으드라

세월은 흘러 흘러

세월은 흘러 흘러

꽃은 갔다가 다시 돌아왔건만

인생은 나그네처럼

잠깐 왔다가 한번 떠나가면

다시 돌아올 줄 모르더라.

(1976년 4월 8일)

저 구름 속에 그의 얼굴이

똑딱배가 팔월의 바다를
미끄러지듯 소리 내며 지나간다
저 멀리 수평선에 흰 구름이 뭉게뭉게
불현듯 미소 짓는 그의 얼굴이
저 구름 속에서 완연하게 떠오른다

나는 그곳으로 달려간다
달려가도 달려가도
그이가 있는 곳에는 미치지를 못한다
순간, 그의 모습은 사라지고 보이지 않는다

뛰어가던 걸음을 멈추고
망연히 수평선을 바라본다
수평선 위에는 또다시 일군의
꽃구름이 솟아오르기 시작한다
흰 치마저고리 옷고름 나부끼면서
그의 모습은 저 구름 속으로 사라져 간다

느티나무 가지에서

매미 소리 요란하다

푸른 바다 위에

갈매기 몇 마리가

훨훨 저 건너 섬 쪽으로 날아간다

비몽(非夢)? 사몽(似夢)?

수백 년 묵은 팽나무 그늘 아래

시원한 바닷바람이

소리 없이 스쳐간다.

저도 바닷가에 혼자 앉아서

(1976년 8월 5일)

꽃구름이 소사 오르기 시작한다.

흰華치마저고리 옷고름 나붓기면서

그의 모습은 저 구름속으로 사라져간다.

느티나무가지에서

매미소리 요란하다

푸른 바다위에

갈매기 몇마리가

훨훨 저건너 섬쪽으로 날라간다.

非夢? 似夢?

數百녀 묵은 팽나무 그늘아래

시원한 바다바람이

소리없이 스쳐간다.

—猪島 바다가에 혼자앉아서—

독딱배가 八月의 바다를

미끄러지듯 소리내며 지나간다.

저멀리 水平線에 흰구름이 뭉개뭉개

불연듯 미소짓는 그의 얼굴이

저구름속에서 완연하게 떠오른다

나는 그곳을 달려간다

달려가도 달려가도

그이가 있는 곳에는 미치지를 못한다

순간, 그의 모습은 사라지고 보이지 않는다

뛰어가든 거름을 멈추고

茫然이 水平線을 바라본다.

水平線 위에는 또 다시 一群의

비 오는 저 바다 저 하늘을

비가 내린다
그다지도 기다리던 단비가

바람도 거칠어졌다
매미 소리도 멎어지고
청개구리 소리 요란하다

검푸른 저 바다에는
고깃배들이 귀로를 재촉하고
갈매기들도 제 집을 찾아 날아간다

객사 창가에 홀로 앉아
저 멀리 섬들을 바라보며
음반을 흘러나오는
옛 노래 들으면서
지난날의 추억을 더듬으며

명상 속에

지난날의 그 무엇을 찾으려고

끝없이 정처 없이

비 오는 저 바다 저 하늘을

언제까지나 헤매어 보았도다.

비 오는 저도의 오후

(1976년 8월)

지난날의 追憶을 더듬으며

瞑想 속에

지난날의 그 무엇을 찾으려고

꽃없이 定處없이

새오는 저바다 저하늘을

언제까지나

헤매어 보았도다

—새오는 猪島의 누옹—

비가 내린다

그다지도 가다듬는 단비가

빠람도 거치러젓다

매미 소리는 멎어지고

청개구리 소리 요란하다

검푸른 저 바다에는

고깃배들이 歡呼를 재촉하고

갈매기들도 제집을 찾아 날라간다

客舍窓가에 홀로 앉아

저 멀리 섬들을 바라보며

音盤을 흘러나오는

옛노래 드르면서

滿山이 楓에 물들어
나무잎이 하나둘 떨어지는데
저기저 쪽 쭉 뻗은 高速道路
저기저 山과 河川　　저마을
저기저 기러기나무
저기 기러기나무　저마을
모두다 嶺과 따늠없었든
거기에 있었든 그림자
이제보이지 않고
이제 찾을길없네
어디로 그림자을 꼬
그그림자
어디서 다시 찾어보리
그 그림자.

그 그림자

만산(滿山)이 단풍에 물들어
나뭇잎이 하나 둘 떨어지는데

저기 저 쭉쭉 뻗은 고속도로
저기 저 산과 하천
저기 저 나무 저 마을
저기 저 민가
모두 다 전과 다름없건만

거기에 있었던 그림자
이제 보이지 않고
이제 찾을 길 없네

어디로 갔을꼬
그 그림자
어디서 다시 찾아보리
그 그림자.

(1976년 8월 추정)

제3부

역사가 나를 평가하라

일기

四二八六年 十二月 三十一日 讀了

北進統一이라는 民族的인 大口標아래
悲壯한 快意로서 맞이한 甲午年에는
三千方 同胞가 한사람빠진없이
三億年 前에 聖將 李舜臣이 가졌든 愛國的인
至誠至忠을 본받어 各自의 任務에
対하여 最大의 犧牲努力과
不惜하여야만 國難打開와 北進統一을
一을 成就할수있을것이다
理論만가지고 國難打開는 안된것이오
口歸만 불리워도 北進統一은 不可能하다

북진통일

1953년 12월 31일 독료(讀了)

　북진통일이라는 민족적인 대 구호 아래 비장한 결의로써 맞이하는 갑오년에는 삼천만 동포가 한 사람 빠짐없이 300년 전에 성장(聖將) 이순신이 가졌던 애국적인 지성지충(至誠至忠)을 본받아 각자가 맡은 임무에 대하여 최선의 노력과 최대의 희생을 불석(不惜)*하여야만 국난 타개와 북진통일을 성취할 수 있을 것이다.

　이론만 가지고 국난 타개는 안 되는 것이요, 구호만 부르짖어서도 북진통일은 불가능하다.

* 아끼지 않음

이순신 전기를 이날 다 읽고 그 책에 남긴 글

남아일까 여아일까

1954년 6월 14일

　일전에 타코마에서 보낸 편지가 영수의 손에 들어갔을까 하고 생각해 본다.

　번잡한 서울 한모퉁이에서 내가 돌아올 날만을 고대하고 있을 영수! 인천 부두에서 기다릴 영수의 모습이 눈에 떠오른다. 근혜를 안고 "근혜 아빠 오셨네" 하고 웃으면서 나를 반겨 맞아 줄 영수의 모습!

　나의 어진 아내 영수, 그대는 내 마음의 어머니다. 셋방살이, 없는 살림, 좁은 울안에 우물 하나 없이 구차한 집안이나 그곳은 나의 유일한 낙원이요, 태평양보다도 더 넓은 마음의 안식처이다. 맑은 마음의 우물이 샘솟는 나의 집이거늘 없는 것이 무엇이랴. 영원한 마음의 양식이 우리 가정을 지켜 줄 것이다.

　불원(不遠) 우리 가정에는 새로운 희보(喜報)가 기다리고 있다. 남아일까 여아일까. 무엇이든 관계할 것이 없다. 다만 영수와 내가 부모로서 최선을 다할 뿐. 이것만이 우리들이 할 일.

　이름은 무엇으로 할까. 남아일 때는 태평양 상에서 본 구름과 같은 기운을 상징시켜 운(雲)자를 넣을까. 시운(時運), 수운(秀雲), 일운(一

雲), 일운(逸雲), 일훈(一熏). 여아일 때는 근숙(槿淑), 운숙(雲淑), 근정(槿貞), 근랑(槿娘), 운희(雲嬉).

영수와 상의하여 결정하기로. 결정권은 영수에게 일임하자.

준장으로 미국 육군포병학교 유학 중에 둘째 근영(근령)의 출생을 보름여 앞두고.
그림은 이듬해 미 군함 제너럴포프호를 타고 귀국 길에 6월 26일 동중국해 부근을 지나며 그린 것.
'4278'년(1945)은 '4288'의 잘못

아내 유택幽宅을 찾다

1974년 10월 23일

7시 45분 포드 대통령이 이한(離韓) 인사차 청와대 내방. 키신저 장관과 같이 잠시 담소 후 김포로 향발. 연도에 이른 아침인데도 학생 시민이 많이 나와서 열렬히 환송하다. 8시 조금 지나 포드 대통령 비행기 이륙.

돌아오는 길에 동작동에 들러 아내 유택을 찾다. 그저께 제막한 비석이 퍽도 깨끗하고 아담하게 서 있고 비문도 단정하고 맵시 있게 부각되어 있다. 애쓰신 분들에게 마음속으로 감사를 드린다.

당신이 여기에 묻혀 그 앞에 비석이 설 줄이야. 당신은 여기에 잠들어 풍우성상(風雨星霜) 춘하추동 가고 오고, 오고 가고 아는지 모르는지? 어찌 모를 리가 있으랴.

당신이 사랑하는 이 조국과 이 겨레의 삶의 모습을 낱낱이 지켜보며 보살펴 주고 사랑해 주고 올바른 길로 인도해 주오.

아내가 그토록 정성 들여 애쓰던 지난날이 주마등처럼 지나간다.

저 깜박거리는 네온 불빛이 동작동에서도 보이겠지.

국민투표··· 또다시 중책을 맡다

1975년 2월 12일

심정은 지극히 담담하다. 모든 것을 국운에 맡기는 도리밖에 없다고 생각하였다. 전국적으로 조용한 가운데 투표가 진행되고 있다는 보도가 들어오고 있다. 대세는 명일 7시경이면 윤곽이 드러날 것이라고 한다.

이번 국민투표는 공명(公明) 제일주의로 깨끗한 국민의 심판을 받겠다는 일념에서 관계장관과 지방장관들에게도 직접 수차 투·개표 과정에서 절대로 부정행위가 있어서는 용서하지 않겠다고 설명을 하고 확인을 했기 때문에 어느 때보다도 공정하게 실시된 것으로 확신한다. 그러나 전국의 투표구가 1만 677개소, 투표인 수가 1,300만 명이나 되기 때문에 말단에서 혹 과잉충성 분자가 비위를 저지르지나 않을까 염려된다.

오후 3시경에는 국민투표 결과가 거의 확정, 신은 나에게 또다시 무거운 책임을 맡기시다. 신명을 다하여 중책 완수에 헌신할 것을 신에게 서약하다.

10월유신 후 2년여 지난 시점. 유신헌법 존치 및 정부 신임을 묻는 국민투표일의 일기. 투표율 79.8퍼센트에 찬성 74.4퍼센트로 유신체제가 유지되었다.

어린이회관을 바라보며 아내를 추억하다

1975년 3월 9일

하루 종일 봄비가 소리 없이 내리다.

서재에서 멀리 남산을 바라보니 구(舊) 어린이회관이 안개 속에 우뚝 솟아 보인다.

어린이들이 마음껏 즐기고 놀 수 있고 또 배울 수 있는 회관을 건립하겠다고 늘 벼르던 아내의 꿈이 처음으로 실현된 것이 저 회관이었다. 시간만 있으면 [아내는] 자주자주 어린이들과 어울리기도 하고 어린이 지도를 위해 또는 경로잔치를 베풀고 노인들을 위로하기도 했다. 건물이 너무 높고 광장이 없는 것이 흠이라 해서 작년 초 어린이대공원으로 옮기기로 작정, 목하 공사 중이다. 금년 8월 15일에 준공을 목표로 공사가 촉진 중이다.

전국 시·도마다 회관을 하나씩 건립하자는 것이 일차적 목표였다. 재작년에는 부산에 어린이회관을 세우는 데 여러 가지 지원을 하고 작년 9월 5일에 준공을 하게 되어 행사에 참석한다고 자신[아내]의 휘호를 저도(猪島) 휴양 중에 정성 들여 썼다. '웃고 뛰놀고 하늘을 쳐다보며 생각하고 푸른 내일의 꿈을 키우자' 써 놓고 나에게 '내일의 푸른 꿈을 키우자' 하는 것이 더 좋지 않겠느냐고 묻기도 했다.

이 휘호가 아내의 절필이 되고 말았다.

아내는 가도 아내가 그처럼 사랑하던 이 나라의 어린이들은 착하고 슬기롭게 자라서 길이길이 이 나라를 지키리라.

월남 패망

1975년 4월 30일(수) 흐림

월남[베트남]공화국이 공산군에게 무조건항복.

참으로 비통함을 금할 수 없다. 한때 우리의 젊은이들이 파병되어 월남 국민들의 자유 수호를 위하여 8년간이나 싸워서 그들을 도왔다. 연(延) 파병 수 30만 명. 우리의 젊은이들이 3천여 명이나 고귀한 희생이 되었는데 이제 그 나라는 멸망하고 월남공화국이란 이름은 지도 상에서 지워지고 말았다. 참으로 비통하기 짝이 없다.

자기 나라를 자기들의 힘으로 지키겠다는 결의와 힘이 없는 나라는 생존하지 못한다는 엄연하고도 냉혹한 현실과 진리를 우리는 보았다. 남이 도와주려니 하고 그것만을 믿고 나라 지키겠다는 준비를 갖추지 못하고 있다가 망국의 비애를 겪는 역사의 교훈을 우리 눈으로 보았다.

조국과 민족과 나 자신을 지키기 위해서는 여하한 희생도 불사하겠다는 결의와 힘을 배양하지 않으면 망국하고 난 연후에 아무리 후회해 보았자 후회막급일 것이다. 충무공의 말씀대로 '필사즉생, 필생즉사(必死即生, 必生即死)'다.

이 강산은 조상들이 과거 수천 년 동안 영고성쇠를 다 겪으면서 지켜 오며 이룩한 조상의 나라다. 조국이다. 우리가 살다가 이 땅에 묻혀야 하고 길이길이 우리의 후손들에게 물려주어서 지켜 가도록 해야 할 소중한 땅이다. 영원히 영원히 이 세상이 끝나는 그날까지 지켜 가야 한다. 저 무지막지한 붉은 오랑캐들에게 더럽혀서는 결코 안 된다. 지키지 못하는 날에는 다 죽어야 한다. 죽음을 각오한다면 결코 못 지킬 리 없으리라.

如何한 犧牲도 不辭하겠다는 決意와
힘을 培養하지않으면 亡國한 然后에
아무리 後悔해 보았자 後悔莫及 일것이다.
忠武公의 말슴대로 生必則死 死必則生
이 江山은 祖上들이 피흘려 数千年동안 愛楛
盛衰를 다겪으면서 직혀오며 이룩한 祖
上의나라다. 祖國이다. 우리가살다가 이땅에
묻처야하고 기리기리 우리의 后孫들에게
물려주어서 직혀가도록 해야할 所重한
땅이다. 永遠히 永遠이 이후니이 끝나는 그날
까지 직혀가야한다. 저 無知莫知한 붉은
오랑캐들에 더주혀는 決고안된다. 직히지
못하는날에는 다죽어야한다. 죽음을 貸價
한다면 決고 못직히리 없으라라.

四月 三十日 (水) 흐림

越南 共和國이 共産軍에게 無條件降伏.

참을 悲痛함을 禁할수 없다. 한때 우리의

젊은이들이 派兵되어 越南口民들의 自由守

護를 爲하여 八年間이나 싸워서 그들을 도왔다.

近派兵數 三十万名, 우리의 젊은 이들이 三四余名

이나 高貴한 犧牲이 되었는데 이제 그 나라는

滅亡하고 越南共和國이란 이름은 地圖上에서

지워지고 말았다. 참을 悲痛하기 짝이 없다.

× ×

自己나라를 自己들의 힘으로 지키겠다는 決意와

힘이 없는 나라는 生存하지못한다는 嚴然하고도

冷酷한 現實과 眞理를 우리는 보았다.

남이 도와 주려니 하고 그것만을 믿고 나라직히겠

는 準備를 갖추지 못하고 있다가 는 国의 悲哀

를 격는 厂史의 敎訓을 우리눈 으로 보았다.

祖国과 民族과 나自身을 직히기 爲해서는

6·25 25주년

1975년 6월 25일

1950년 6월 25일(일) 새벽 4시, 155마일 38선 전선에서 북한 공산군이 일제히 포문을 열고 기습공격을 개시, 민족사상 가장 처절한 혈투가 전개되었다. 불의의 기습공격이었다.

그러나 우리는 남침 징후를 약 6개월 전에 예측했었다. 육군본부 정보국에서는 적의 남침 가능성이 농후하다는 것을 군 수뇌부에 누차 보고하였다. 그러나 이 판단서를 믿으려고 하지 않았다. 군 수뇌, 정부 당국, 미국 고문단 모두가 설마 하고 크게 관심을 표시하지 않았다.

1949년 말 정보국 작전판단서는 전쟁이 발발 후 포로와 적 문서에 의하여 또는 귀순자들의 제보에 의하여 너무나 정확하게도 적중하였다. 알고도 기습을 당했으니 천추의 한이 되지 않을 수 없다. 무능과 무위와 무관심이 가져온 국가재산과 인명, 문화재의 피해가 그 얼마나 컸던가. 후회가 앞설 수는 없지만 너무나 통탄할 일이라 아니할 수 없다. 400년 전 임진왜란 때 우리 조상들이 범한 과오를 우리 시대에 또 되풀이하게 되었으니 말이다.

오늘의 정세는 흡사 6·25 전후와 비슷하다. 우리 세대에 또다시 이

러한 과오를 범한다면 후손들에게 영원히 죄를 짓고 조상들에게도 면목이 없다. 전 국민이 시국의 중대성을 깊이 인식하고 총력안보 태세를 철통같이 다져서 추호의 허(虛)도 없이 조국을 수호하는 데 심혈을 경주해야 할 때다.

1950년 6월 25일에 나는 고향 집에서 어머님 제사를 드리고 문상객들과 사랑방에서 담화를 하고 있었다. 12시 조금 지나서 구미읍 경찰서에서 순경 1명이 급한 전보를 가지고 왔다. 정보국장 장도영 대령이 경찰을 통해서 보낸 긴급 전보였다.

"금조(今朝) 미명(未明) 38선 전역에서 적이 공격을 개시, 목하 전방부대 3개는 적과 교전 중, 급히 귀경"의 내용이었다.

새벽 4시에 38선에서 전쟁이 벌어졌어도 12시까지 시골 동네에서는 누구 하나 아는 사람이 없었다. 이 동네에는 라디오를 가진 사람이 한 집도 없었기 때문이다.

오후 2시경 집을 떠나 도보로 구미로 향하다. 경부선 상행열차에 병력을 만재(滿載)한 군용열차가 계속 북행하는 것을 볼 수 있었다. 25일 야간 북행 열차를 탔으나 군 병력 전송 관계로 도중이나 역에서 몇 시간씩 정차를 하고 기다려야 했다.

이 열차가 서울 용산역에 도착한 것은 27일 오전 7시경이었다. 거리를 다니는 사람들의 표정은 모두가 불안에 싸여 있고 위장을 한 군용차량들이 최대한도로 거리를 질주하고 서울의 거리에는 살기가 감돌기만 하였다.

용산 육본 벙커 내에 있는 작전상황실에 들어가니 25일 아침부터 밤낮 2주야를 꼬박 새운 작전국 정보국 장병들은 잠을 자지 못해서 눈이 빨갛게 충혈이 되어 있고 질서도 없고 우왕좌왕 전화 통화 관계로 실내는 장바닥처럼 떠들썩하고 소란하기만 했다.

홀로 맞는 은혼일銀婚日

1975년 12월 12일

오늘이 아내와 결혼한 지 만 25년이 되는 날이다. 아내가 있었다면 은혼식을 올리고 축배를 올렸을 터인데….

1950년 12월 12일 대구시 모 교회에서 일가친척·친지들의 축복을 받으며 식을 거행하고, 아내와 백년해로를 맹세하였다. 24년 만에 아내는 먼저 가고 말았다. 남들은 은혼식 금혼식을 올리며, 일생의 반려로 자손들의 축복을 받으며 노후를 즐기는데 아내와 나와의 사이는 어찌 24년밖에 시간을 주지 않았을까.

25년 전 오늘의, 그 착하고 수줍어하던 아내의 모습이 아직도 선한데, 이제 25년이란 세월이 흐르고 아내와는 유(幽)와 명(明)을 달리하게 되었으니 인생이란 과시(果是) 무상하도다.

재일교포 모국 방문

1976년 2월 5일

오늘 오후 3시부터 국립극장에서 구정(舊正)에 모국을 방문한 약 3천 명의 재일교포를 위한 서울시 주최 환영대회가 베풀어졌다.

그 장면이 밤 9시부터 각 TV방송국에서 일제히 재방(再放)되었다. '피는 물보다 짙다'는 말이 실감 날 감격적인 정경이 두 시간 동안 방송되었다. 조국, 고향, 동포, 혈육이라는 낱말들을 이번처럼 사무칠 정도로 전 국민에게 깨닫게 한 적도 없었을 것이다.

조국은 곧 나의 집이요 나의 부모요 형제요 나 자신이다. 즉 대아(大我)다. 조국을 위한다는 것, 조국을 사랑한다는 것은 나의 조상과 부모와 나의 형제와 나 자신을 위하는 길이요, 나 자신을 사랑한다는 것이 될 것이다.

조국의 넓고 따뜻한 품이란 부모의 따뜻한 품속과 똑같은 것이다. 이국 타향에서 수십 년 동안 조국을 등지고 조국을 욕하던 3천 명의 조총련계 동포들도 이번에 조국에 다시 돌아와서, 부모 말을 듣지 않고 가향(家鄕)을 뛰쳐나가 방랑하던 탕아가 다시 고향에 돌아와 고향과 부모 형제의 사랑에 다시 나 자신을 알게 되고 부모의 사랑을 깨닫게 된 것과 같다고 할 것이다. 참으로 민족적인 일대 경사가 아닐 수 없다.

크메르 적화 1주년

1976년 4월 17일

1년 전 오늘 크메르[캄보디아]공화국이 공산주의자들에게 항복하고 프놈펜이 함락된 날이다. 작년 이맘때 국내정세를 회고하고 감개무량할 뿐이다.

조국을 사수하겠다는 의지가 박약하고 국난을 당하고도 국민이 단결할 줄 모르고 국가와 민족의 생존과 이익보다도 자기 개인의 이익을 앞세우고 위기에 처해서 국론을 통일하고 국민을 결속시킬 수 있는 지도자를 갖지 못한 국가와 민족의 운명과 그들이 걸어가야 할 길이 무엇이라는 것을 우리는 눈으로 똑똑히 보았다. 타산지석으로 삼고 우리가 갈 길이 무엇이란 것을 우리 모두 깊이 명심해야 할 것이다.

북北이 우리더러 독재라니

1976년 4월 24일

작금 지상파 방송을 통하여 공산화된 크메르에서 공산주의자들의 대량학살이 대대적으로 보도되고 있다. 크메르 루주가 정권을 잡은 지 1년간에 크메르 인구의 약 1할에 가까운 50만~60만 명을 학살하였다는 것이다. 6·25를 통하여 공산주의자들의 잔인상을 직접 목격하고 체험한 우리들이기에 크메르에서 일어나고 있는 이 천인공노할 참상을 누구보다도 더 가슴 아프게 생각하고 의분을 금할 수 없다.

오늘날과 같은 문명사회에서 이와 같은 잔인무도하고 야만적인 행위가 있을 수 있다는 사실, 그리고 이것을 보고도 전 인류가, 특히 툭하면 남의 일에 주제넘게 참견하기 좋아하는 평화니 인도(人道)니를 찾던 각국의 인사들, 언론·종교단체, 무슨 무슨 옹호단체들이 어찌하여 꿀 먹은 벙어리처럼 아무 말이 없다는 그 자체가 더욱 해괴하고 이해할 수 없다. 유엔은 무엇을 하는 곳일까. 소위 세계평화가 어떻고 자유가 어떻고 인권이 어떻고 하는 강대국이라는 나라들, 갑자기 벙어리가 된 모양인지? 모든 것이 다 위선이었구나 하는 생각이 들기만 한다.

크메르의 참상을 들으면서 나의 머리에서 문득 떠오르고 잊혀지지 않는 일은 작년 이 무렵 크메르가 적화되자 서울에 와 있던 크메르 대사관 직원들 소식이 궁금하기만 하다. 대사와 기타 몇몇 고급 직원들은 미국 등지로 이민을 갔다. 그 밖에 하급 직원들은 본국이 공산화되었더라도 자기들 부모형제와 친척들이 있는 본국으로 돌아가겠다고 했다. 그러나 그들은 귀국할 여비가 없어서 우리 정부에서 여비를 도와주고 여러 가지 편의를 봐주었다. 그 후 그들이 방콕을 경유하여 본국으로 귀국차 떠났다는 보고를 받았다. 돌아간 그들이 지금 무사할까? 무사하였으면 하는 마음 간절하다.

지금과 같은 공산주의자들의 무자비한 만행이 있을 줄이야 그들은 미처 몰랐을 것이다. 공산주의란 왜 이처럼 잔인하고도 포악할까? 인류 사회에 어찌 이런 극악무도하고 잔인무도한 주의니 국가니 하는 것이 용인이 될 수 있을까?

우리의 국토 북반부에도 크메르 루주와 꼭 같은 살인 집단이 존재하고 이들이 무슨 혁명이니 해방이니 평화적 조국의 통일이니 연방제가 어떠니 하고 광적으로 설치고 주제넘게도 우리를 보고 독재니 파쇼니 하고 비방을 하고 돌아가니 가소롭다고나 할까, 한심스럽다고나 할까.

조국과 나의 생존을 보장하는 길

1976년 4월 29일(목) 흐림

내일은 1년 전 월남공화국이 공산주의자들 앞에 굴복하고 패망한 날이다.

나는 작년 바로 오늘 오전에 우리 국민들에게 '특별담화'를 발표하고 조국 수호에 전 국민이 일치단결하고 총궐기하자고 호소한 바 있다. 충무공이 말씀하신 '필사즉생, 필생즉사'라는 격언을 인용하였다. 수도 서울은 전 시민이 사수하자고 호소했다. 대통령도 최후까지 서울시민과 같이 남아서 사수할 것을 서약했다. 비장한 각오로써 조국과 운명을 같이할 것을 호소하고 천지신명에게 서약했었다. 특별담화가 나간 바로 다음 날인 내일(30일) 월남공화국 패망의 비보를 들은 것이다.

지난 1년간 우리는 총력안보 체제를 구축하는 데 혼신의 노력을 경주해 왔다. 국민들의 적극적인 협조와 단결의 힘은 조국을 수호하고 겨레의 생존을 보호하는 굳건한 원동력이 되었다. 호전광(好戰狂) 북괴도 감히 도발을 하지 못했다. 뭉치고 단결된 민족의 힘만이 적의 침략을 미연에 방지하고 조국과 나 자신의 생존을 보장하는 유일한 길이라는 것을 우리는 다시 한 번 재인식하게 되었다.

북괴는 지금도 호시탐탐 남침의 기회를 노리고 그 구실을 찾기에 혈안이 되어 있는 것을 우리는 너무나 잘 알고 있다. 우리 내부의 어떤 허점, 취약점을 발견하기만 하면 그들은 내일이라도 서슴지 않고 무력도발을 해 올 것이다. 우리 내부의 튼튼하고도 강인한 체제와 우리의 저력만이 침략자들의 무모한 불장난을 미연에 저지할 수 있을 것이다.

渾身의 努力을 傾注해 왔다. 國民들의

積柱的인 物心의 團結의 힘은 祖國을

保護한 겨레의 生存을 保護하는 굳건한

原動力이 되었다. 好戰狂 北傀도 敢히

挑發은 하지못했다. 뭉치고 團結된 民族

의 힘만이 敵의 侵略을 未然에 防止하고

祖國과 나自身의 生存을 保障하는 (唯一)

한 길이라는 것을 우리는 다시한번 再認識

하기되었다. 北傀는 지금도 虎視眈々

南侵의 機會를 노리고 그口實을 찾기에

血眼이 되어 있는 것으로 우리는 너무나 잘 알고있

다. 우리內部의 虛慮点 腦弱点을 發

見하기만 하면 그들은 來日이라도 서슴지

않고 武力挑發을 해올 것이다. 우리內部의

튼튼하고도 强靭한 體制와 우리의 底力만

이 侵略者들의 無謀한 불장란을 未

然에 沮止 한 수 있을 것이다.

四月二十九日(木) 흐림

　내일은 一年前 越南共和國이 共産主義者
들을 에게 屈服하고 敗亡한 날이다. 나는 昨年
바로 오늘 누구에게 우리 國民들에게 特別
談話를 發表하고 祖國守護에 全國
民의 一致團結하고 總蹶起하자고 呼訴한
바 있다. 忠武公이 말슴하신 必死則生,
必生則死라는 格言을 引用하였다. 首都
서울은 全市民이 死守하자고 呼訴했다. 大
統領도 最后까지 서울市民과 같이 남아서
死守할 것을 誓約했다. 悲壯한 覺悟
로서 祖國과 運命을 같이 할 것을 呼訴한
天地神明에게 誓約했다. 特別談話
가나간 바로 다음날인 來日(三十日) 越南共和
國敗亡의 悲報를 듣을 것이다. 지난 一年 間
우리는 總力安保体制를 構築하고 데

5·16혁명 15주년

1976년 5월 16일

5·16혁명 15주년 기념일이다.

15년 전 새벽, 이 나라의 젊은 군인들이 기울어 가는 국운을 바로잡기 위하여 구국의 횃불을 높이 들고 궐기했다. 오늘 새벽 동이 틀 무렵 전차부대를 선두로 하는 1진의 혁명군 부대가 결사의 각오를 굳게 간직한 채 새벽 바람 찬 이슬을 마시며 숙연히 한강대교를 도강(渡江)했다. 고요히 잠든 수도 서울은 역시의 새로운 장이 바뀌는 이 순간까지 적막 속에 초여름의 피곤한 잠을 이루고 있다가 갑자기 술렁이기 시작했다. 부패와 부정과 무능과 안일, 정체와 무기력으로 기식(氣息)이 암암(唵唵)*하던 이 사회에 새로운 활력소와 소생의 숨소리가 흘러나오고 몽롱한 깊은 잠길에서 잠을 깨고 정신을 차리기 시작한 것이다. 오전 5시 국영방송을 통해서 혁명공약이 전파를 타고 전국 방방곡곡에 메아리치기 시작했다. 이제부터 새 역사가 전개되기 시작했다.

그 순간부터 15년이란 세월이 흘러갔다. 그러나 혁명은 아직 완결된 것이 아니다. 아직도 줄기차게 진행 중에 있다. 가지가지의 고난과 저항과 훼예포폄(毀譽褒貶)을 들어 가면서 5·16의 완성은 우리나라를 선진 공업국가 수준까지 끌어올리고 자주국방 자립경제를 달성하여 평화적 남북통일의 기반을 구축하여야만 한다. 1980년대 초에는 이 목표가 달성될 것으로 확신한다.

* 숨이 금세 끊어질 듯함

미친개는 몽둥이로

1976년 8월 18일

오전 10시 30분경 판문점 비무장지대 내에서 나무 가지치기 작업 중인 유엔군 장병 11명이 곤봉, 갈고리 등 흉기를 든 30여 명의 북괴군의 도전으로 패싸움이 벌어져서 유엔군 장교(미군) 2명이 사망하고, 한국군 장교 1명과 병사 4명, 미군 병사 4명, 계 9명이 부상을 입은 불상사가 발생하였다. 전쟁 미치광이 김일성 도당들의 이 야만적인 행위에 분노를 참을 길이 없다.

목하 스리랑카 수도 콜롬보에서 개최 중인 비동맹회의에서 주한미군 철수를 위한 정치선전에 광분하고 있는 북괴가 정치적으로 이용하기 위한 하나의 계획적인 만행이란 것은 분명한 사실이다.

이들의 이 만행을 미친개한테 물린 것으로 참고만 있어야 할 것인가. 언제까지 참아야 할 것인가. 하룻강아지 범 무서운 줄 모르는 격인 이들의 이 만행을 언젠가는 고쳐 주기 위한 철퇴가 내려져야 할 것이다.

저 미련하고도 무지막지한 폭력도배들아, 참는 데도 한계가 있다는 것을 잊지 말지어다. 미친개한테는 몽둥이가 필요하다.

한국적 민주주의

1976년 10월 7일

어제 10월 6일 오후 3시 태국에서 무혈 쿠데타가 발생. 1973년 10월 학생들에 의해서 군정이 붕괴되고 그 후 불안과 혼미를 거듭하면서 민정의 출범을 보았으나 결국은 민정이 붕괴되고 다시 군정으로 되돌아가고 말았다. 개발도상국가에 있어서 서구식 민주주의가 활착(活着)을 하자면 얼마나 힘이 들고 지난한지를 또 한 번 실증한 셈이다.

그 나라의 실정을 무시한 형식만의 모방은 십중팔구 실패한다는 것을 우리들은 누구보다도 뼈저린 체험을 했고 또 다른 나라의 예를 수없이 보아 왔다. 특히 공산주의의 위협이 있는 나라에서는 서구식 자유민주주의의 성장이 불가능하다. 우리의 유신체제는 이러한 귀중한 교훈에서 우러난 '한국적 민주주의'라는 것을 재인식해야 할 것이다.

10월유신 4주년

1976년 10월 17일

10월유신 4주년이 된다.

유신 4년 동안에 우리나라는 과거 10년 내지 20년 정도의 변화를 가져왔다. 국력이 그만큼 커졌다. 정부와 국민이 일치단결하여 피땀 흘려 노력한 결과일 것이다.

그동안 1973년 말부터는 유류파동으로 시작된 국제경제의 일대 불황이 있었다. 1975년 초에는 인도차이나 반도의 비극이 있었다. 북괴의 남침 땅굴 발견도 이 기간 중에 있었다. 8·18 판문점 만행 사건도 있었다.

그러나 우리는 꾸준히 국력을 신장시켜 왔고 주변 정세의 격변과 북한 침략집단의 집요한 도발과 위협에 미동도 하지 않고 우리의 안보 태세를 훨씬 더 튼튼하게 다져 놓았다. 우리의 방위산업도 괄목할 만큼 발전 성장하였다. 우리의 경제발전은 국제사회에서 경이의 대상이 되고 개발도상국 중의 모범 국가로서 선전이 되고 있다.

그 원인은 딴 데 있는 것이 아니다. 우리 모두의 일대 자각과 단결과 땀 흘려 일한 노력의 대가다. 그렇기 때문에 오늘의 이 건설과 성장의 결과는 값진 것이고 보람 있는 것이다.

하늘은 한 민족이 자기의 운명을 스스로의 힘으로 해결하고 개척하겠다는 결의와 노력을 경주할 때는 반드시 거기에 응분한 보상을 준다는 것으로 우리는 믿어야 한다. 농촌 사회에서 5천 년의 유산인 가난이 하나하나 벗겨져 나가고 새로운 생기 약동하는 농촌 모습으로 달라져 가는 것은 새마을운동의 성과다. 농민들의 의지와 의욕과 노력의 대가가 농촌의 모습으로 나타나고 있는 것이다.

10월유신은 구국의 결단이었다. 우리 국민 전체의 결단이었다. 새 역사의 출범이었다. 근면·자조·협동하는 데에서 새 역사가 하루하루 창조되어 나가고 있는 것이다.

중단해서는 안 된다. 계속해야 한다. 밝은 내일은 반드시 도래하기로 약속이 되어 있다.

지만이 집 떠나기 전날

1977년 1월 29일(토) 청(晴)

지만이가 내일 육사에 가(假)입교하게 되어 저녁 만찬을 하면서 육사 이야기를 하면서 격려하다.

이제 19세 고교 졸업생이라고는 하지만 아직 집을 떠나 혼자 객지 생활을 한 경험이 없어서 애처롭기도 하고 불안스러운 생각도 들지만, 육군사관학교에 들어가서 이제부터 국군의 장교가 되려고 하는 남아의 출관(出關)이기에 부모의 자정(慈情)에 쏠리는 표시는 하지 않아야지 하고, 육사 생활의 남아로서의 호쾌한 나의 경험담들도 들려주면서 약한 마음을 먹지 않도록 애썼다.

말은 하지 않지만 지만이도 내일 집을 떠나는 것이 무엇인가 섭섭한 듯 밤에도 자기 침실에서 오래 취침하지 않고 있는 듯하여, 지만이 방에 찾아가 보니 방 정리하느라고 꾸물거리고 있었다. 낮에는 국립묘지를 참배하고 왔다고 하기에 어머니께서 무슨 말씀 없더냐고 농담을 하였더니 육사 입교하거든 남에게 지지 않게 열심히 잘하라고 어머니가 타이르시더라고 대답하였다. 자식을 길러 봐야 부모의 심정을 비로소 안다던 옛말이 새삼 실감 있게 느껴진다.

내가 만주군관학교에 입교하기 위하여 1940년 3월 하순 어느 날 쌀쌀한 봄바람이 옷자락을 스며드는 고향 구미역 북행선 플랫폼에서 멀리 이국 땅 북만주 신경(新京)군관학교에 입교하기 위하여 북행 열차 타고 떠나는 나를 전송하기 위해 칠순 노구의 어머니께서 나오셔서 나의 옷자락을 붙잡으시며 "늙은 어미를 두고 왜 그 먼 곳에 가려고 하느냐" 하시며 노안(老顏)에 눈물을 흘리시던 그 모습이 불현듯 머리에 떠오르고, 어머님의 흰 옷 그림자가 보이지 않을 때까지 손을 들어 흔드시던 그 모습이 지금도 완연하다. 그날 어머님의 심정이 얼마나 허전하고 쓸쓸하셨을까.

어머님, 너무나 불효막심하였습니다. 이제 용서를 빌어 본들 무슨 소용이 있으랴.

라고 어머니가 타이르시드라고 對答하엿다.

子息을 길러봐야 父母의 心情을 비로소 안다는

옛말이 새삼 實感 있게 늣겨진다. 내가 滿洲

軍官学校에 入校하기 위하여 一九四○年 三月 下旬

어느날 쌀쌀한 봄바람이 옷자락을 스며드는 故

御亀尾驛 北納鄕 플랫트홈에서 멀리 異國땅

北滿洲 新京軍官学校에 入校하기 위하여 北行列車를

타고 떠나는 나를 餞送하기위해 七旬老齡의 어

머니께서 나오셔서 나의 옷자락을 붓잡으시며

늙은 어미르 두고 왜 그먼곳에 갈려고 하느냐

하시며 老顔에 눈물을 흘리시든 그모습이

불연듯 떠러지며 오고 어머님의 흰옷 그림자

가보이지 않을 때까지 손을들어 흔드시든 그모습

이 지금도 완연하다. 그날 어머님의 心情이

얼마나 허전하고 쓸쓸하엿을가.

어머님 너무나 不孝莫甚 하엿읍니다. 이제

늦었을베려온들 무슨 所用이 있으랴.

一月二十九日(土) 晴

老晚이가 來日 陸士에 復入校하기되어 저녁 晩
餐을 하면서 陸士이야기를 하면서 激勵하다
이제 十九歲 高校卒業生이라고 하지만 아직
집을 떠나 혼자 客地生活을 한 經驗이 없어
서 애처럽기도 하고 不安스러운 생각도 들지만
陸軍士官學校에 들어가서 이제부터 國軍의
將校가 될려고 하는 男兒의 出閨이기에 父母의
慈情에 쓰리는 表示는 하지않아야지 하고 陸士
生活의 男兒로서의 豪快한 나의 經驗들을 들
려주면서 弱한 마음을 먹지않도록 애썼다.
딸은 하지않지만 志晩이도 來日 집을 떠나는 것이
무엇인가 섭섭한 느낌에도 自己 復習에서 오대
就寢하지않고 있는 듯하여 志晩이房에
찾아가니 房整理하느라고 꾸물거리고 있었다.
밤에는 國立墓地를 參拜하고 갔다고 하기에
어머니께서 무슨말씀 없드냐고 手談으로 하였드니
陸士入校하거든 님에게 지지않게 熱心이 잘하라

지만이 육사 가假입교

1977년 1월 30일(월) 청

6시 반경 기상. 7시에 지만이를 깨우다. 영하 14~15도의 혹한이다.

8시 반 지만이와 같이 조반을 들다. 지만이는 아침에 두발을 육사생도규정대로 짧게 이발을 하였다. 식탁에 앉으면서 "머리를 깎고 나니 이제 정말 집을 떠나는구나 하는 생각이 든다"면서 눈시울을 붉혔다. 이미 각오는 다 되어 있었으나 생전 처음으로 가족들과 떠나려고 하니 여러 가지 심정이 착잡한 듯하였다. "육사와 같은 훌륭한 학교에 가는데 사나이 대장부가 그렇게 마음이 약해서야 어찌하느냐" 하고 타이르면서도 나도 모르게 가슴이 뭉클하여 간신히 참고 태연한 체하였으나, 이 자리에 저의 어머니가 있었더라면 얼마나 좋았으랴 하는 생각이 문득 떠올라서 나도 몹시 마음이 언짢았었다. 저것이 저의 어머니 생각이 나서 저러는구나 하고 생각하니 가슴이 찢어지는 듯 참을 길이 없었다.

9시 20분 청와대를 출발하다. 비서실장을 비롯하여 청와대 많은 직원들이 현관에 나와서 전송해 주었다. 지만이와 한 차에 타고 태릉 육사로 가면서 차 안에서 지만이와 여러 가지 환담을 하면서 격려를 하였다. 창밖에 날씨가 매섭게 차기만 하다. 이 추운 날씨에 지만이가 훈련을 감당해 낼 수 있을까 하는 생각이 앞선다. 그러다가도 육사생도 복장에 늠름한 모습으로 외출 나온 지만이 모습이 또 눈에 떠오른다. 육사까지 가면서 내가 육사 2기 시절의 이야기도 해 주었다.

육사 본관 현관에서 지만이를 내려 주고 "몸 건강히 열심히 잘해, 지만이" 하고 신입생 접수장으로 보내고 육사 교장실에 들어가서 교장 정승화 장군과 잠시 환담하다가 귀저(歸邸)하다.

집에 돌아와서 영수 영정 앞에 가서 "지만이가 오늘 육사에 들어갔소. 내가 지금 데려다주고 돌아왔소. 당신께서 앞으로 늘 지만이를 보살펴 주시오" 하고 고하다. 자식에 대한 부모의 마음이란 왜 이다지도 약할까.

집에 돌아오니 근혜, 근영이도 어머니도 안 계신 어린 동생 하나 같이 있다가 잠시나마 떠나보내는 것이 몹시 서운한 듯 눈물이 글썽글썽하다.

오전중에 지만이 방을 정돈하였다. 온 집안이 텅 빈 듯하다. 군에 자식을 보내는 모든 부모의 심정은 다 마찬가지리라.

이와 여러가지 激勵을 하면서

窓밖에 눈씨가 매섭게 차기만 하다. 이치운

눈씨에 志晩이가 訓練을 勤勞해 낼수있는

까라는 생각이 앙앤다. 그러다가도 陸士生徒

服裝에 늠늠한 모습을 外出나온 志晩이

모습이 또 눈에 떠오른다. 陸士까지 가려면

내가 陸士二期生 時代의 이야기도 해주었다

陸士本館 玄關에서 志晩을 세워주고「呂健

序이 熱心이 잘해 志晩이.」하고 新全

學愛場을 보내고 陸士校長室에 들어가서

校長 鄭承和 陸士와 잠시 歡談하다가

啟印하다. 집에도라와서 英悟 影倾

앞에가서 志晩이가 오늘 陸士에 드는의

敢오. 내가 지금다려다 주고 돌아왔오. 당신

께서 앞으로 늘 지만이를 보살펴주시오. 당신

그놈하다. 子息이대한 父母의 마음이란 꼭

이따지도 愚劣할까. 집에도라오니 근영 근영

이도 어머니도 안게신 어린동생하나 같이 있다가

잠시나따나 보내는것이 몹시 서운한듯

눈물이글성 글성하다.

우尙中에 志晩이房을 整顿하였다.

온집안이 텅빈듯하다. 軍에 子息을 보내

눈모든 父母의 心情을 다 맛찬가지려라.

一月三十日 (日) 晴

六時頃起床 七時에 志晩이를 깨우다.

零下十四·五度의 酷寒이다.

入才 志晩이와같이 朝飯을 드다. 志晩이들
아침에 頭髮을 陸士生 規定대로 짧게 理髮
을하였다. 食卓에앉으면서 「머리를깎고나니
이제정말 집을떠나는구나 한 生覺이 이든다」면서

눈시울을 붉혔다. 임이 覺悟는다 되여있었으
나 생각처음으로 가족들과 떠나려는하니
여러가지 心情이 錯雜한듯 사나이 大丈夫가 그렇게
흘융한 學校에가는데 한타이르면서도
마음이 弱해져서 어째하는가보며

나도불기게가슴이 뭉쿨하여 간신이 참고 泰然
한치하였으나 이자리에 저의어머니가 있었드
라면 열마나 좋았을까 하는 生覺이 이문듯
온라서 나도 무시눈이언잔었었다. 저것이
저의어머니생각이 나서 저러는구나 하고 생각하니

가슴이 쩌러지는듯 찬을길이 없었으나
九時二十分 靑瓦를 出発하다. 秘書室長氏
은비롯하여 靑瓦台 職員들이 玄園에
나와서 餞送해주었다. 志晩이와 한車에
타고 泰陵 陸士로 가면서 — 車안에서 志晩

떠나기 석 달 전 아내의 소원

1977년 3월 7일

날씨가 완전히 풀려서 봄 날씨다. 역시 경칩이 지나니 추위는 물러가는 모양.

밤 10시 10분 KBS의 육영수 여사 전기 낭독을 침대에서 듣는다.

1974년 5월 14일, 한국자연보호협회 회원들이 청와대에 찾아와서 아내에게 동 협회 총재를 맡아 달라고 청하던 날의 이야기가 나온다. 오후 4시경 식당에 회원들을 초대, 다과를 대접. 나의 집무실에 아내가 와서 잠깐 나와 회원들을 격려해 달라고 하여 따라 나가 인사를 하고 잠시 동안 환담을 나누는 당시의 이야기다. 엊그제 같은 이야기다. 아내가 타계하기 꼭 3개월 전의 이야기다.

아내는 남달리 자연을 좋아하고 아꼈다.

"이다음에 이 자리 그만두거든 시골에 가서 조그만 집 하나 짓고 살아요. 그리곤 그 뒷산에는 바위가 있고, 바위 밑에는 맑은 물이 나오는 그런 곳에서 살아요."

아내가 자주 하던 말이다. 아내는 그것이 소원이었다. 그 조그마한 소원을 이루지도 못하고 그이는 갔다. 지금도 지방에 다니다가 나무 있고 바위 있는 아담한 산이 있으면 나는 유심히 그 산을 보게 된다. 그이가 저런 곳에서 살기를 원했는데 하고. 그러나 이제는 누구와 같이 그런 곳에 가서 조용히 살까.

아내는 또 우리나라 재래식 한옥을 좋아하였다. 지방에 차로 같이 다니다가 재래식 기와집 반듯한 집을 보면 "저 집 참 좋지요! 저런 집 하나 짓고 살았으면 좋겠어요" 하고 처녀 시절 옥천 친정집에 살던 때 이야기도 자주 하였다. 대청마루에 돗자리 깔고 앉아서 달빛을 바라보는 시골의 풍경을 늘 그리워하였다. 그런 생활을 노후의 유일한 낙으로 생각하고 있었다. 그러나 그러나 그이는 먼저 갔다.

주한 미군 철수설··· 자주국방의 전기轉機로

1977년 3월 15일

··· 오후 2시부터 당정 연석회의에서 작금 미국 조야(朝野)에서 연일 거론되고 있는 주한 미 지상군 철수 문제에 대하여 토의하였다. 장장 4시간 토의한 결과 3월 9일 카터 미국 대통령이 기자회견에서 천명한, 향후 4~5년 사이에 미 지상군을 단계적으로 철수하겠다는 미국 측 방침을 기정사실로 받아들이고, 이제부터 1980년 말까지 향후 4년 동안에 자주국방 태세를 완벽하게 갖출 수 있도록 최선의 노력을 다하는 동시에 4차 5개년계획도 1년을 단축하여 80년 말까지 대부분의 주요 사업들을 완결짓도록 속도를 가하기로 하였다. ···

자기 나라를 지키는 것은 결국 자기 자신이다. ··· 역사의 한 전기가 될 것이다.

재침再侵 땐 초전박살

1977년 3월 21일

봄이 완연하다. 오늘이 춘분.

남부에는 그간 가끔 비가 내렸으나 서울을 중심으로 한 중부지방에는 계속 한발이 지속되어 비를 기다리는 마음 간절하다.

주한 미 지상군의 철수설이 나돌고 난 후의 우리 국민들의 의연한 자세는 늠름하기만 하다. 내 나라는 내가 지켜야지 하는 각오가 국민 한 사람 한 사람의 마음속에 굳건히 뿌리를 내리기 시작한다.

국군 장병들은 주한미군이 이제 조만간 철수할 것으로 생각하고 국군 단독으로 국토를 지키겠다는 각오와 결의에 차 있다. 민족 반역집단인 북한 공산당이 재침(再侵)을 해 올 때는 초전에 박살을 내겠다는 투지와 적개심에 충만해 있다.

미 지상군이 전부 철수하게 될 1980~81년경에는 남북의 군사력은 벌써 승부가 결정될 것이다. 반역집단에 철퇴를 가하여 민족의 설분(雪憤)을 할 날이 반드시 올 것을 확신한다.

四月十二日 (火) 흐리고 가끔 금비.

起床하여 公錯後庭散策. 房庭벚꽃더넌은걸이 본다.

一九七四年四月九日 아침 영수와 같이 마지막을 거닐든 이 길.

追憶의 꽃길을 걸어간다. 落花가 길을 덮고 있었다.

영수의 우아한 韓服차림의 그림자가 버덮에 버듸에

걸어가는 듯 같이 것고 있 다는 錯愁으로 걸어간다.

확실이 오늘만은 그의 와같이 것고 있다. 每年봄이면

이길은 것는 것이 나의 가장 즐겁고도 感傷的인 時間

이다. 玄關앞 태산목 밑에 서서 또 追憶에 저저본다.

十四時 가랑비내리는 海士校庭에서 三十一期海士卒業

生의 卒業式이 擧行되었다. 늠늠하고 자랑스러운 新任

將校들 모습은 미듬직스러게만 하다. 神이여! 저들과

더부러 祖国에 榮光이 있게 하소서.

영수와 벚꽃터널을

1977년 4월 12일(화) 흐리고 가끔 비

기상하여 공관 후정(後庭) 산책. 후정 벚꽃터널을 걸어 본다.

1974년 4월 9일 아침 영수와 같이 마지막으로 거닐던 이 길, 추억의 꽃길을 걸어간다. 낙화(落花)가 길을 덮고 있었다. 영수의 우아한 한복 차림의 그림자가 내 옆에 내 뒤에 걸어가는 듯 같이 걷고 있다는 기분으로 걸어간다.

확실히 오늘만은 그이와 같이 걷고 있다. 매년 봄이면 이 길을 걷는 것이 나의 가장 즐겁고도 감상적(感傷的)인 시간이다. 현관 앞 태산목 밑에 서서 또 추억에 젖어 본다.

14시. 가랑비 내리는 해사 교정에서 31기 해사 졸업생의 졸업식이 거행되었다. 늠름하고 자랑스러운 신임 장교들 모습은 믿음직스럽기만 하다.

신이여! 저들과 더불어 조국에 영광이 있게 하소서.

일하면서 배우는 청소년들

1977년 4월 19일(화) 청

19:30경 영등포지구에 있는 청소년근로자 야간학교 수업 상황을 시찰하다.

영등포공업고등학교, 영등포여자상업고등학교, 대방여자중학교 3개교를 구로공단 최명헌 이사장의 안내로써 둘러보았다. 직장에 다니는 청소년들이지만 여학생, 남학생 다들 머리를 학생형으로 단정하게 다듬고 산뜻한 교복으로 앉아서 진지한 태도로 열심히 공부하는 모습에 귀엽고 대견하다기보다도 눈시울이 뜨거워짐을 금할 수 없었다.

다만 한 가지 그들에게는 가정이 빈곤하다는 죄 하나만으로 남과 같이 그렇게도 원하던 상급학교를 진학하지 못하고 직장을 택하게 되었던 것이다. 친구들이 고등학교 학생복으로 학교에 가는 것을 보고 어린 마음에 부럽다기보다 나는 왜 학교를 못 가느냐 하고 자기 스스로의 처지를 원망도 하고 부모와 가정을 원망하기도 하였을 것이다.

그렇게도 한스럽던 일이 이제 소원이 성취되었다. 야간이나 주간이나 자기 자신의 노력 여하에 달렸다. 가르치는 교사들도 그들의 열성에 감동하여 열과 성을 다하여 가르치고 또 보람을 느낀다고 하는 말을 들

고 흐뭇하기만 하다. 이 학생과 교사들을 위하여 무엇인가 도와주어야

겠다고 다짐하면서 돌아왔다.

이들의 앞날에 행복이 있기를 마음속에서 기원하였다.

보고 어떤 마음에 부럽다기보다 나는왜 學校를
못가느냐 하고 自己스스로의 處地를 怨望도하고 父母
와 家庭을 怨望하기도 하였은것이다. 그런게도
恨스럽든 일이 이제 祈願이 成就 되었다. 夜間이나
晝間이나 自己 個身의 努力 如何에 달렸다 · 가르
치는 敎師들도 그들의 熱誠에 感動하여 熱과
誠을 다하여 가르치고 또 보람을 늣긴다고 하는말
을 듯고 흐뭇하기만하다. 이學生과 敎師들
을 爲하여 무엇인가 도와주어야 했다고 다점하
면서 도 있었다. 이들의 앞날에 幸福이
있기는 마음속에서 祈願 하였다.

四月十九日(水) 晴

十九三〇頃、永登浦地又에있는 青少年勤労者 夜間学校 授業状況을 視察하다. 永登浦工業高等学校、永登浦女子商業高等学校、大方女子中學校 三個校를 九老公團崔明憲理事長의 案内로서 둘러보았다. 職場에다니는 青少年들이지만 女学生 男学生 다들 머리를 学生型으로 端正하게 다듬고 산듯한 校服을 입이서 真執한 態度로 熱心이 工夫하는 모습에 귀여고 대견하다기보다도 눈시울이 뜨거워진 일을 禁할수없었다. 다만 한가지 그들에게는 家庭이 貧困하다는 罪하나만으로 남과같이 그렇게도 願하든 上級学校 를 進学하지못하고 職場을 択하게되었든것을 親旧들이 高等学校 学生服을 学校에가는것을

四月二十八日(木) 흐린후맑음

忠武公李舜臣將軍의 四三二周生辰이다.

十時顯忠祠 莘礼行祭에 参席하다.

「國内外的으로 어려운 時期에 굽어 살펴시사

이祖國 이겨레의 앞날을 밝게 비쳐주시고

導하여주옵소서」하고 將軍의 靈前에 머리

숙여 祈願하다.

午右에는 唐津郡 禮山郡 新安面 龍宮里를 訪問

秋史 金正喜 先生의 古宅後 元工事를 둘러보고

隣近에서 모여든 住民들과 誘話도 나누었다. 시

골 한 머니들이 나의 손을 잡고 기운 무강하십시오 하지

마시요 하며 눈물 머이는 表情을 보고

偽飾없는 시골사람들의 따뜻한 人情에 크게 感激을

느끼다. 이착하고 어진 國民들을 위하여 내가 해야

할일이 아직도 너무나 많구나 한 생각이 들었다

道高温泉에 들러서 温泉을 한 珀、

沿道의 農村 風景이 무척 아름답고 비니루하우스

가 온 들을 덮고 있는 모습은 壯觀이다.

충무공 탄신일

1977년 4월 28일(목) 흐린 후 맑음

충무공 이순신 장군의 432주 생신일이다.

11시 현충사 다례행제(茶禮行祭)에 참석하다. '국내외적으로 어려운 시기에 굽어살피시사 이 조국 이 겨레의 앞날을 밝게 비춰 주시고 인도하여 주옵소서' 하고 장군의 영전에 머리 숙여 기원하다.

오후에는 예산군 신안면 용궁리를 방문, 추사 김정희 선생의 고택(古宅) 복원공사를 둘러보고 인근에서 모여든 주민들과 담화도 나누었다. 시골 할머니들이 나의 손을 잡고 "만수무강하십시오. 늙지 마세요" 하며 울먹이는 표정을 보고, 순박하고도 가식 없는 시골 사람들의 따뜻한 인정에 크게 감격을 느끼다. 이 착하고 어진 국민들을 위하여 내가 해야 할 일이 아직도 너무나 많구나 하는 생각이 들었다.

도고온천에 들러서 온천을 하고 1박.
연도의 농촌 풍경이 퍽 아름답고 비닐하우스가 온 들을 덮고 있는 모습은 장관이다.

백억 불 수출의 날

1977년 12월 22일(목), 음력 11월 12일 동지
백억 불 수출의 날

100억 불 수출목표 달성 기념행사 거행.

10:00 장충체육관에서 각계 인사 7천여 명이 참석하여 성대한 행사를 거행하였다.

1962년 제1차 경제개발계획을 출범하던 해 연간 수출액이 5천여만 불이었다. 그 후 64년 11월 말에 1억 불 달성이 되었다고 거국적인 축제가 있었고 11월 30일을 수출의 날로 정했다. 1970년에는 10억 불. 7년 후인 금년에 드디어 100억 불 목표를 달성했다. 그동안 정부와 우리 국민들의 피땀 어린 노력과 의지의 결정(結晶)이요 승리다.

서독은 1961년에, 일본과 불란서는 1967년에, 화란[네덜란드]은 1970년에 100억 불을 돌파했다고 한다. 그러나 10억 불에서 100억 불이 되는 데 서독은 11년, 일본은 16년(1951~1967)이 걸렸다. 우리 한국은 불과 7년이 걸렸다. 모든 여건이 우리가 더 불리한 여건 속에서 이룩한 성과라는 데서 우리는 크게 자부를 느낀다. 1981년에 가면 200억 불을 훨씬 넘을 것이다. 1986년경에 가면 500억~600억불이 될 것이다.

우리 민족의 무서운 저력이 이제야 폭발적으로 발산될 때가 왔다. 더욱 허리띠를 졸라매고 분발해야 한다.

오늘 이날은 우리 한국경제사상 길이 기록될 역사적인 날이 될 것이다. 뿐만 아니라 민족중흥의 역사적 과업 수행에 있어서도 길이 부각될 하나의 이정표가 될 것이 틀림없을 것이다.

100억 불. 이것을 이제 우리의 새로운 출발점으로 삼자. 새로운 각오와 의욕과 자신을 가지고 힘차게 새 전진을 굳게 다짐하자.

(금일 17:00 현재 수출액 100억 1,600만 불)

가터 不利한 興ㅠ속에서 이룩한 成果라는데서

우리는 크게 自負를 느긴다. 一九八一年에가면 二百

億弗을 훨씬 넘을것이다 一九八六年項에가면 五

百~六百億弗이될것이다. 우리民族의무서운

底力이이제야 爆発的으로 発揮된때가 왔다.

더욱 허리띠를 졸라메고 奮発해야한다.

오늘이날은 우리 韓國經濟史上 기리記録될 厂

史的인날이 이될것이다. 빗만아니라 民族中興의

不屈的課業遂行에 있어서 기리 浮刻된 하

나의 里程表가 될것이 틀림없을것이다.

百億弗. 이것이 비록 우리에게는 새로운 出発

点을 삼자. 새로운 覺悟와 意欲과 自信을

가지고 힘차게 새 前進을 준게 다짐하자.

(今日 一七으로 現在 輸出額 一百一千六百万弗)

十二月二十二日(木) 陰曆 十一月十三 冬至

百億弗 輸出目標 達成記念行事 舉行.

一,〇〇〇 獎忠體育舘에서 各界人士 七,〇〇〇金 이 參
席하여 盛大한 行事를 舉行하였다. 一九六二年
第一次経済開発計画을 出帆하는 當年 輸出
額이 五千金萬弗이었다. 그후 十四年 十一月 末에
一億弗 達成이 되었고 擧國的인 祝擧가 있었고 十月
三十日을 輸出의날로 定했다. 一九七〇年에는 十億
弗. 七年后인 今年에 드디어 百億弗 目標를
達成했다. 그동안 政府와 우리 國民들의 되었
든 努力과 竟志의 結晶이오 勝利다. 西独은
一九六一年에 日本과 佛蘭西는 一九六七年에, 和蘭은
十億弗에서 百億弗이 되는데 西独은 十一年.
一九七〇年에 百億弗을 実現했다 한다. 그러나
十億弗에서 百億弗이 되는데
日本은 十六年(一九五一~一九六七)이걸렸다. 모든 與件이 우리
韓国은 不足七年이 걸렸다.

멸공특전훈련… 하사관 1명 순직

1978년 6월 16일

오전 11시부터 팔당댐 부근에서 멸공특전훈련이 실시되었다. 특전사 주관으로 실시된 금일 훈련에는 각계 인사 4천 명이 참관을 하였다. 우리 국군의 자랑스러운 훈련 상황을 본 국민들은 모두 박수를 보내기도 했다.

금일 훈련에 전 한미 1군단장을 지낸 홀링스워스 장군이 방한 중 이 훈련 참관에 초대받아 나와서 오래간만에 친구를 만난 것같이 기뻤다. 오찬을 같이 하면서 NATO(북대서양조약기구)의 이야기를 관심 있게 들었다.

이번에 실시한 특전훈련은 우리 국가의 막강한 전투력을 내외에 과시하고 국민들로 하여금 자신감을 갖게 하고 국민 사기를 크게 진작하는 데 기여했다고 생각한다.

훈련 중 폭발물 폭발로 하사관 1명이 순직을 하였다. 애석하기 짝이 없다.

어머님 29주기

1978년 8월 13일

어머님 돌아가신 지 29주기째 기제일이다.

1949년 음력 7월 10일 어머님께서는 선산 구미면 상모동 옛집에서 노환으로 타계하셨다. 어머님 연세 79세, 내 나이 32세. 7남매 중 제일 막둥이로 태어나서 이 세상에서 어머님을 32년간 모실 수 있었다는 것을 큰 행복으로 생각한다.

32년간이라고는 하나 대부분 객지에 있었으므로 직접 집에서 모신 것은 훨씬 짧은 시간이 될 것이다.

서재에 간소한 젯상을 차려 놓고 영정 앞에 분향하면서 어머님의 명복을 빌다. 조용히 눈을 감고 어머님 생전의 지극하신 사랑을 되새겨 본다. 이 세상에서 어머님처럼 나를 사랑해 주신 분은 없으리라. 어머님의 사랑은 참으로 하늘보다 더 높고 바다보다 더 깊다 하겠다.

어머님 생전에 못다 한 효도, 이제 후회한들 막급이라.

오직 한 가지 방법은 대통령으로서 성심성의를 다해 선정(善政)에 힘써서 보다 부강하고 자랑스러운 조국을 건설하여 후세들에게 물려 주는 일. 이것이 어머님 은혜에 보답하는 유일한 길이라 확신한다. 나

날이 발전해 가는 조국의 발전상을 천국에 계시는 어머님께서도 힘써서 기뻐하시리라. 어머님 길이길이 홍복(洪福)을 누리옵소서.

어젯밤부터 중부지방에 호우가 내려 여기저기 수해 보고가 들어오고 있다.

유도탄 백곰 시험발사

1978년 9월 26일(화) 청

금일 오후 충남 서산군 안흥에서는 우리나라에서 처음으로 유도탄 시험발사가 있었다. 1974년 5월에 유도무기 개발에 관한 방침이 수립되어 불과 4년 동안에 로켓, 유도무기 개발을 성공적으로 완성하여 금일 관계관들 참관 하에 역사적인 시험발사가 있었다.

① 대전차로켓(3.5인치 로켓을 더 발전시킨 것)
② 다연장로켓(28연발, 사거리 20km)
③ 중거리로켓＝가칭 황룡(사거리 50km＝어니스트 존과 유사)
④ 장거리유도탄＝가칭 백곰(사거리 150km, 유효반경 350m, 나이키와 유사함)

4종목 다 성공적이었다. 그동안 우리 과학자들과 기술진의 노고를 높이 치하하다.

귀로(歸路) 삽교천방조제 공사장에 잠깐 내려서 공사현장을 시찰하고 현장에서 수고하는 농진공사 직원들을 격려하다. 진도 74퍼센트, 79년 말 완공 예정이라고 한다.

射距離 五〇KM "어밋트로 과 類似〉長距離誘

導彈 "夜祢白곰(射距離 一五〇KM 有效軍経

三五〇m. 나이기와 類似함). 四種目 다 成功的이

었다. 그동안 우리 科學者들과 技術陣의 勞苦

를 "높이 致賀하다.

故路 揷橋川 防潮堤 工事場에 잠간 내려서

工事現場을 視察하고 現場에서 수고한 農振合

社職員들을 激勵하다. 進度 七四%, 七九年末

先工予定이라고 한다.

九月二十六日(大) 晴

今日午后忠南瑞山郡道興에서는 우리나라에서

처음으로 誘導彈 試驗發射가 있었다. 一九七四

五月의 誘導武器開發에 關한 方針이 樹立되어

不過四個月동안에 B型. 誘導武器開發을 成功

的으로 完成하여 今日 關係官을 參觀下에

歷史的인 試驗發射가 있었다. ① 対戦車로켙.

(三五미크로켙을 더 發展시킨것) ② 多連裝로켙(三十八

連發. 射距離二十KM) ③ 中距離로켙 "白熊黃竜(

건군 30주년 국군의 날

1978년 10월 1일(일) 청

국군의 날. 건군 30주년을 맞이하게 된다.

오전 10시 여의도 5·16광장에서 국군의 날 행사가 거행된다. 우리 국군은 건군 초부터 공산 침략도배들과 혈투를 거듭하면서 조국을 수호해 왔다. 갖은 시련과 역경을 극복하고 피나는 노력을 거듭하면서 오늘의 막강한 대군으로 성장하였다. 70년대에 들어오면서 우리는 자주국방을 위한 우리 스스로의 결의와 노력으로 이제 해가 거듭해 갈수록 그 내실을 기해 가고 있다.

오늘 이 행사에 동원된 장비 중 거의 70, 80퍼센트 이상이 우리 국산 장비라는 것을 확인할 수 있었다. 특히 지난 9월 26일 시험발사에 성공한 다연장로켓, 중·장거리 유도탄이 처음으로 국민들 앞에 선을 보임으로써 시민들의 열렬한 박수와 환영을 받았다. 이제 외형적으로나 내용적으로나 우리 군이 엄청나게 성장했고 강해졌다는 것을 피부로 느낄 정도로 달라졌다. 사기가 문자 그대로 충천(衝天)하다. 아마 우리 역사상 이처럼 막강한 국군을 가져 본 것은 처음이리라.

장병들이여, 더욱 분발하여 조국을 빛내도록 할지어다. 국군 장병들에게 신의 가호가 있으라.

오후에는 우방 각국에서 국군의 날 행사에 참석한 내빈들 일행을 접견하고 환담하다.

'일엽지추(一葉知秋).'* 뒤뜰에 한 잎 두 잎 낙엽이 소리 없이 잔디 위에 떨어지고 있다. 청초한 국화꽃의 그윽한 향기와 맑고 높은 하늘은 가을이 한창이라는 소식을 소슬바람에 실어서 창가에다가 전하고 간다.

오곡이 영글어 가고 백과가 익어 가니 모든 것이 풍성하고 가난하거나 부족한 것이 없는 것만 같다. 옛말에도 추수동장(秋收冬藏)이라고 하였으니 가을에 거둬들여 차곡차곡 저장을 해 두고 추운 겨울에는 맛있는 음식을 만들어 가족들끼리 모여 앉아 밤이 늦도록 옛이야기에 시간 가는 줄 모르는 시골 고향의 어린 시절의 추억이 아득히 뇌리에 떠오른다.

가을은 역시 지나간 봄과 여름을 뒤돌아보게 되는 추억과 사색에 잠기게 되는 계절인가 보다.

* 나뭇잎 하나 떨어지는 것으로 가을이 온 것을 앎

八○% 以上이 우리 國産裝備라는 것을 確認할수

있었다. 特히 지난 九月 二十六日 試驗發射에

成功한 多連裝로켓·中長距誘導彈이

처음을 國民들 앞에 선을 보인 우리 市民

들의 熱烈한 拍手와 歡迎을 받았다. 이제

外形的을 나 內容的을 나 우리 軍이 엄청나게

成長했고 强해졌다는 것을 皮膚로 느낄 程度로

달라졌다. 士氣가 文字 그대로 冲天하다. 아마

우리 歷史上 이처럼 莫强한 國軍을 가져본것은

처음이리라. 將兵들이여. 더욱 奮發하여

十月 (日) 晴

국군의 날. 建軍 三十周年 을 맞이하게 되었다.

午前 十時 汝矣島 五·一六 廣場 에서 국군의

날 行事가 擧行 되다. 우리 國軍은 建軍 初부터

共産侵略 徒輩들과 싸우는 거듭 하면서 祖國을

守護해왔다. 가진 試練과 逆境을 克服한

피나는 努力을 거듭 하면서 오늘의 莫强한 大軍

으로 成長 하였다. 七○年代에 들어오면서 우리는

自主國防을 爲한 우리스스로의 決意와 努力

으로 이제 해가 거듭 해갈수록 其內實을 期해갔고

었다. 오늘 이 行事에 動員된 裝備中 거의는

窓가에 다가 佛하고간다. 五穀이 영그러가고

百果가 익어가니 모든 것이 豊盛하고 가난하거나

不足한 것이 없는 것만 같다. 옛말에도 秋收冬

藏이라고 하였음 가을에 걷어드려 차곡차곡

貯藏을 해두고 추은겨울에는 맛있는 飮食을

만들어 家族들끼리 여앉아 밤이늦도록 옛

이야기에 時間 가는줄 몰으는 시골 故鄕의

어린 時節의 追憶이 아득이 脑裡에 떠오른다.

가을은 亦是 지나간 봄과여름을 뒤도라보게되는

追憶과 思索에 잠기게되던 季節인가보다.

祖國을 빛내도록 하진이다. 國軍將兵들에게

神의 加護가 있으라.

午后에는 友邦各國에의 君主의 놀行事에 參席한

来賓들 一行을 接見하고 歡談하다.

× ×

一葉知秋. 뒷뜰에 한잎 두잎 落葉이

소리없이 잔디위에 떨어지고 있다. 清楚한 菊

花의 그윽한 香氣와 맑고 높은

가을이 한창이라는 消息을 소슬바람에 실어서

역사가 나를 평가하라(마지막 일기)

1979년 10월 17일

7년 전을 회고하니 감회가 깊으나 지나간 7년간은 우리나라 역사에 기록될 중요한 시기이기도 하다. 일부 반체제 인사들은 현 체제에 대하여 집요하게 반발을 하지만 모든 것은 후세에 사가(史家)들이 공정히 평가하기를 바랄 뿐.

해설

'시적(詩的) 인간' 박정희에 대한 새로운 이해

조우석(문화평론가)

「서시(序詩)」와 「하늘과 바람과 별과 시」의 윤동주는 한국인 모두가 좋아하는 대표적인 시인의 한 명이다. 창씨개명과 조선어 사용 금지, 징병제 등의 조치와 함께 드리워진 식민지 어둠 속에서 "등불을 밝혀 어둠을 조금 내몰고 / 시대처럼 올 아침을 기다리는" 시인의 존재란 그 자체로 우리에게 위로가 된다. 윤동주에 대한 사랑은 문학애호가가 아니라도 마찬가지라서 1천만 관객을 돌파한 영화 〈동주〉(2016) 이후 대중적 명성으로 연결됐다.

프랑시스 잠(Francis Jammes), 라이너 마리아 릴케(Rainer Maria Rilke)와 같은 시인들의 이름을 부르다 끝내 그 반열에 오른 윤동주, 그를 어찌 우리가 좋아하지 않을 수 있는가? 비범한 재능과 시적 완성도는 물론 일본 후쿠오카 형무소에서 맞은 비극적 죽음까지 그를 순결한 젊음의 아이콘으로 만드는 요인이 아닐 수 없다. 윤동주의 시세계는 이육사 같은 선 굵은 남성성, 그리고 동년배인 조지훈 같은 고전적 기품의 세계와 또 다르다. 즉, 이육사는 이육사이고, 조지훈은 조지훈이며, 윤동주는 윤동주라서 아름답다.

시인 윤동주와 정치인 박정희 사이

각자가 서로 다른 별인데, 이 자리는 정치인 박정희의 시세계를 자리매김하는 공간이다. 우연치 않게도 박정희는 윤동주와 동갑(1917년생)이라서 2017년으로 탄생 100돌을 함께 맞는데, 둘은 성장 과정이 다름에도 불구하고 공통점이 아주 없지 않다. 분류컨대 문학적 인간이다. 둘이 똑같이 시 장르에 몰입해 작품을 써 온 경우인데도 윤동주의 경우 타계 직전까지 10년이 채 안 되는 기간에 쏟아낸 시작품 100점으로 우리에게 뚜렷하게 각인돼 있다면, 박정희는 또 다르다.

박정희의 현존하는 가장 초기 작품은 10대 시절에 쓴 두 편이다. 대구 사범 시절 금강산 수학여행 때 쓴 작품 「금강산」과, 『교우회지』에 쓴 「대자연」이 그것이다. 일제하 1930년대에 쓰여진 앞의 두 작품 외에 6·25전쟁 시기인 1951년 대한민국 장교로 쓴 작품도 있으며, 5·16혁명 거사 직전의 소회와 우국충정을 담은 애국시도 있다. 그런가 하면 연애시로 분류되는 작품도 남겼다. 아내 육영수와의 신혼 시절을 담은 인간미 풍부한 낭만시 두 편이 그것인데, 그를 정치인의 측면과 또 다른 각도에서 바라봐야 한다는 걸 일깨워 주는 자료다.

분명한 것은 1930년대에서 1970년대에 이르기까지 그가 평생 시 장르를 멀리하지 않았다는 점이다. 물론 박정희 시작품은 이번 『박정희 시집』에 수록된 30편이 현재로선 전부다(박정희 시의 많은 게 1989년 유족이 공개한 일기에서 그때그때 기록 형태로 발견됐다. 전체가 공개될 경우 그의 시작품이 추가로 나올 가능성은 매우 높다). 그럼에도 불구하고 윤동주와 달리 박정희는 시인으로 거의 각인되어 있지 않다. 가장 큰 이유는 딱딱하고 근엄한 정치인 박정희 이미지가 우리에게 너무도 강렬하게 각인된 탓이다. 그게 유감이다. 틈나면 풍금 앞에서 노래하고 작사는 물론 작곡까지 하던 그의 전체 모습을 그동안 우리는 놓쳐 온 것이다.

박정희 시작품이 갖는 중요성을 눈여겨본 사람은 정치학자인 고(故) 전인권(1957~2005)이다. 지금까지 나온 책 중에서 가장 중립적인 성격의 박정희 평전을 서울대 박사학위논문("박정희의 정치 사상과 행동에 관한 전기적 연구", 2001)으로 쓴 그는 이 논문에서 우리의 통념을 바꿔 놓았다. 박정희는 무엇보다 '시적(詩的)인 인간'으로 분류해야 한다는 것이다. 상황을 압축하는 능력, 때로는 객관적 사태에 대한 관심을 생략하면서도 무엇보다 극적인 설명을 즐기는 글솜씨야말로 '시적 인간 박정희'를 설명해 준다는 얘기다. 이런 태도는 산문적 인간과는 다르다는 게 그의 분석이다. 때문에 "자신의 시심(詩心)을 대중 앞에서 보여 주는 데 능숙하지 못했지만, 그의 마음은 언제나 시적으로 움직였다"는 전인권의 말은 새삼 경청해 볼 만하다. 아내 육영수의 말도 그걸 뒷받침한다. "박정희 대통령이 군인이 되지 않았더라면 소설을 썼을 것이다."

그러나 거기까지다. 시인 박정희의 진면목에 대한 접근은 탄생 100돌이 되는 지금껏 누구도 도전해 보지 못했다. 그 점에서 100돌이 되는 2017년 올해 『박정희 전집』 첫 권으로 『박정희 시집』이 나오는 것은 뜻깊다. 이 시집에서 해설을 맡은 건 필자에게 부담이자 영광이 아닐 수 없는데, 원하는 건 "정치인이자 군인인 박정희가 자투리 시간을 틈타 여기(餘技)로 시도 썼다"는 그런 차원의 얘기가 아니다. 차제에 박정희 문학의 전체 모습을 탐색해 보자는 것이다. 그래야 시집을 내는 보람이 있겠고, 탄생 100돌을 맞는 대한민국 현대사의 문제적 인간 박정희에 대한 합당한 예우를 갖추는 것이다.

'작은 문학' 넘어 '큰 문학'으로: 함석헌과 이승만

박정희 문학을 바로 보는 걸 방해하는 장애물이 있다. 그걸 나는 '문학 신비주의'라고 규정하는데, 그것부터 옆으로 치워 놔야 얘기를 시작할 수 있다.

윤동주를 천상(天上)의 시인으로 알고 박정희는 그와 전혀 달랐던 사람으로 구분하는 인식은 우리가 알게 모르게 문학 신비주의라는 덫에 갇혀 있기 때문이다. 문학 신비주의란 문학은 반드시 이래야 한다고 믿는 이른바 문학 순수주의의 딴말인데, 구체적으로 예전 중·고등학교 교과서에 등장했던 시작품만을 문학으로 안다. 좁은 의미의 문학에 갇힌 것이다. 보다 정교하게 말할 경우 문학 신비주의란 번쇄(煩瑣)한 문학적 수사(修辭) 남용과 함께 파리한 자의식 과잉에 갇힌 것이다. 그 결과 대중과의 소통 가능성과 울림이 덜한 '작은 문학', '직업화한 문학'으로 전락하고 마는데, 그건 서구 모더니즘 시학의 영향 때문이다. 너무 섬세하게 시어(詩語)를 만지고 다듬는 언어놀이에 빠져 문학 본연의 건강한 힘을 잃고 마는 것이다. 그래서 말류(末流)의 문학이다.

사실 우리 시대 문학은 변화하는 시대에 적응을 못하고 '그들끼리의 문학'으로 추락했다는 것도 우리는 이미 알고 있다. 문화예술 장르의 맏형인 문학이 비틀거린 지는 이미 오래다. '문학의 죽음'이란 소문이 돈 것도 더 이상 비밀이 아니다. 2016년 가을 미국 팝 가수 밥 딜런이 노벨문학상을 받은 것 역시 문학에 대한 우리 시대의 이해가 대폭 바뀌고 있음을 보여 주는 상징적 사건이 아니었던가? 당시 노벨문학상위원회가 밥 딜런의 노래야말로 "미국 팝문화의 전통 안에 새로운 시적 표현을 창조했다"고 이례적으로 높은 평가를 했음을 상기해 보라.

이런 변화된 상황에서 100년을 헤아리는 우리나라 근·현대문학도 새로운 시각에서 정리해 볼 필요성까지 느낀다. 이를테면 시 장르의 경우 20세기 주요 시인의 한 명으로 함석헌을 꼽아야 한다고 나는 전부터 판단해 왔다. 함석헌? 『뜻으로 본 한국역사』를 쓴 그 사람? 맞다. 그가 박정희 통치에 한때 반대했던 것도 사실이나, 지금 돌이켜 보면 둘의 가슴이 뜨겁기 때문에 빚어진 일이다. 즉, 한 시절을 장식한 삽화(揷話)로 의미가 없지 않지만, 세월이 흐른 지금 문학은 그런 옛 대립을 녹이는 훌륭한 도구다.

1901년생인 함석헌은 80편의 작품을 수록한 『수평선 너머』란 시집 초판본을 1953년에 발간했다. 당연히 『함석헌 전집』(한길사, 1993)에도 재수록(제6권)됐다. 이 시집을 일찌감치 주목한 한 시인은 이런 멋진 평가를 했다. "(함석헌 같은) 큰 장사는 잔기술 없이도 씨름에 이기는 법이다."

시에서 중요시하는 메타포, 이미지니 형상 그리고 운(韻) 따위 기술적인 것을 무시했으면서도 큰 울림을 전해 주는 데 성공하고 있다는 뜻이다. 다음 「새날」의 전문(全文)을 보라.

아시아 큰길거리 꽃동산 열어 놓고
서편 형 동편 아우 다 끌어 손목 쥐고
세목이 한데 어울려 울어 보면 어떠리
풀솜같이 연한 마음 가는 실로 뽑아 내어

무지개에 물들이어 20억을 한데 얽고
좋구나 춤을 들추며 아밧집을 가 보리.

모더니즘의 영향은 거의 흔적도 없지만, 그렇다고 낡았다는 느낌도 주지 않는다. 그게 함석헌만의 맛이다. 불과 여섯 행 안에 동양과 서양의 화해, 그리고 한국의 역할을 소박한 언어로 암시하고 있다. 포인트는, 그게 기존의 문학작품에서는 거의 찾아볼 수 없는 큰 문제의식이라는 점이다. 즉, 형식은 소박하지만 내용은 풍부하다. 조금 전 언급한 대로 현대문학은 번쇄한 문학적 수사 남용과 함께 자의식의 과잉이 문제인데, 「새날」에는 그런 자취가 조금도 없다. 현대시보다는 시조 형식인데, 그것도 자연스럽다. 함석헌은 자연스럽게 한국 전통의 양식을 차용한 것이다. 중요한 것은, 당신이 아는 그 어떤 문학적 시작품에 비해 이 시의 완성도가 떨어진다고 보는가? 전혀 안 그렇다.

그래서 흥미로운데, 이처럼 문학주의와 작별했으면서도 독자적 시 세계를 가졌던 또 한 사람으로 나는 이승만 대통령을 꼽는다. 그는 전직 대통령 중에서 당당한 시인으로 분류해야 하는 분인데, 훌륭한 한시(漢詩)를 남겼기 때문이다(국문학의 범주를 한글로 쓰여진 작품을 대상으로 하는 것도 시야 좁은 20세기 민족주의가 만들어 낸 결정적 불찰의 하나다). 그에 대한 검토는 사실 나의 능력 밖이다. 다만, 이 대통령의 한시작품의 수는 약 200여 편이며, 그의 생애 후반인 1930년대에서 1950년대에 이르기까지 꾸준히 창작됐다는 점을 잊으면 안 된다. 그의 재임시절인 1959년 공보실에서 이승만의 한시를 가려 뽑은 『우남시선(雩南詩選)』을 펴낸 것도 그런 배경인데, 수록시 31편 중 한 편을 제외하고는 모두 1945년 귀국한 이후의 작품이다. 31편을 우리말로 옮긴 사람은 노산 이은상과 시인 미당 서정주 둘이었는데, 작품 세계는 지금 현대문학이 갇혀 있는 '작은 문학'이 아니다.

물 따라 하늘 따라 떠도는 이 몸
만 리 길 태평양을 몇 번이나 오가는 신세
어느 곳도 내 눈엔 보잘것없는 풍경뿐인데
꿈속에서나마 내 나라 남산 위를 떠돈다.

一身泛泛水川間, 萬里太洋幾往還. 일신범범수천간 만리태양기왕환
到處尋常形勝地, 夢魂長在漢南山. 도처심상형승지 몽혼장재한남산

애국충정의 너른 세계를 담은 위 작품은 1935년 태평양 한가운데를 가르는 여객선에서 읊었을 걸로 추정된다. 당시 태평양을 오가는 것 자체가 한국인으로선 극히 드문 외국 경험이고 그곳의 멋진 풍광을 읊어도 될 법한데, 망명객 이승만에겐 오로지 조국의 산하만 떠오른다는 고백이다.

이 시는 일화가 있는데, 한국시의 거장인 시인 서정주는 젊은 시절

낭송하는 우남의 목소리로 직접 이 시를 들었다. 당시가 대한민국 건국 직전이던 1947년 무렵이니, 우남은 72세 노인이었고 미당은 갓 서른두 살 젊은이였다. 이승만의 자서전을 구술 받기 위해 매주 찾아오는 젊은 시인 서정주에게 이승만은 가끔 한시를 읊어 주곤 했는데, 어느 날 이 작품을 들려줬다. 서정주는 듣는 순간 "가슴이 복받쳐 올랐다"고 고백했다. 그의 애국심 앞에 감명 받았기 때문이라고 서정주는 타계 전인 1995년 한 매체와의 인터뷰에서 밝혔다.

이게 무얼 말할까? 교과서에 나오는 시문학작품과 또 다른 문학의 흐름이 문학의 영역 밖에서 꾸준히 이뤄져 왔다는 얘기다. 박정희의 시 세계 역시 그런 맥락에서 봐야 한다는 뜻이기도 하다. 문단에 소속된 작가들이 남긴 작품과 견줘 박정희의 시작품 30점의 완성도가 높네 낮네 하고 감히 견줄 일이 아니며, 현대사의 흐름 속에서 폭넓게 접근하자는 제안이다.

우국과 노동 예찬의 시들

실은 내 경우 박정희를 시인으로 제대로 예우해 줘야 한다는 판단을 오래전부터 해 왔지만(『박정희, 한국의 탄생』, 살림출판사, 2009), 그건 나 혼자만의 목소리였다. 어쨌거나 현존하는 작품 30편 중 「금강산」은 일제하 조숙했던 소년의 내면을 보여 주는 훌륭한 화석이다.

금강산 일만 이천 봉, 너는 세계에 명산!

아! 네 몸은 아름답고 삼엄함으로

천하에 이름을 떨치는데

다 같은 삼천리 강산에 사는 우리들은

이같이 헐벗으니 과연 너에 대하여 머리를 들 수 없다

금강산아, 우리도 분투하야

너와 함께 천하에 찬란하게!

"온정리에서 / 정희 씀"이라고 마무리돼 있는 이 작품은 지금 학제로 치면 중·고교생 시절의 글인데, 무엇보다 의젓하다. 상투적 시어를 남발하고 있고, 대충 행갈이를 해 시의 꼴을 겨우 갖추고 있다는 한계에도 불구하고 건강한 정서가 살아 있다. 소리 내어 읽어 보라.

소년 박정희에게 금강산은 한민족과 동의어다. 그 점은 '삼천리 강산'도 마찬가지인데, "너에 대하여 머리를 들 수 없다"고 하는 진술은 식민지 조국의 상황에 대한 소년 박정희의 숨겨진 속마음의 직접적인 표출이 아닐 수 없다. 이 시 한 편만 봐도 박정희의 사람됨이 읽혀진다. 즉, 사범학교 진학이 기회주의적 처신이라거나 '박정희＝식민화된 소년'이라는 일부 박정희 비판론자들의 주장은 사실과 부합하지 않는다. 그리고 이 작품은 거의 기적적으로 박정희의 손글씨 그대로 남아 있으며(당시 벌써 상당한 달필인데, 중년 이후의 글씨체와 별반 다를

것도 없다는 점도 눈에 뜨인다), 당연히 이번 시집에 육필과 함께 수록돼 있다.

그 2년 뒤의 작품 「대자연」은 담담하면서도 늠름한 기개의 삶을 그리고 있어 또 다르다. 정서로 보자면 「금강산」보다 한 수 위다. 내용은 쉽다. 장미보다 야생화가, 영웅보다는 이름 없는 농부가 귀하고 아름답다는 찬사인데, 그 안에 소년 박정희의 기질이 엿보인다. 조선왕조 이래 몸에 밴, 명분과 위선에 찌든 사대부적 기질과 완전히 결별한 새로운 유형의 근대적 인간의 모습이라고 나는 적극적으로 해석하려 한다. 마지막 연의 울림은 영락없는 박정희, 즉 절도 있는 소년의 모습이 보인다는 점에서 그의 생애사 연구에 중요한 암시를 준다.

정원에 피어난

아름다운 장미꽃보다도

황야의 한구석에 수줍게 피어 있는

이름 없는 한 송이 들꽃이

보다 기품 있고 아름답다

아름답게 장식한 귀부인보다도

명예의 노예가 된 영웅보다도

태양을 등에 지고 대지를 일구는 농부가

보다 고귀하고 아름답다

하루를 지내더라도 저 태양처럼
하룻밤을 살더라도 저 파도처럼
느긋하게, 한가하게
가는 날을 보내고 오는 날을 맞고 싶다. 이상.

「대자연」의 정서가 명분과 위선에 찌든 사대부적 기질과 다르다
고 지적한 것은, 증거가 있다. 「국민교육헌장」에 등장한 유명한 말처럼
"능률과 실질을 숭상"한 게 박정희의 사람됨이다. 1930년대에 발표된
이 시의 문제의식은 훗날 5·16혁명 성공 직후 구술한 시 「이등객차에
불란서 시집을 읽는 소녀야」의 기질과 정확하게 일치해 우릴 거듭 놀
라게 한다.

그 시의 탄생 배경을 우리는 안다. 혁명 2년 후 『국가와 혁명과 나』
(1963)를 준비할 때의 일이다. 훗날 청와대 대변인을 지내는 박상길에게
자신의 견해를 대필시키던 당시, 최고회의 의장 박정희가 호주머니에서
메모지를 꺼내더니 "이것을 좀 넣어 줄 수 없습니까?"라고 계면쩍은 듯
어렵게 말을 붙여 보여 준 것이 이 시다. 그가 진정 사랑했던 건 가난하
고 서럽게 살아온 '보통의 한국인'이었음을 확인시켜 주는 대목이 아닐
수 없다.

이 시를 보다 폭넓게 해석할 경우 부르주아적 위선에 대한 고발로 읽을 수 있다. 그런 까닭에 「노동의 새벽」의 시인 박노해를 연상시킨다는 이도 왕왕 있지만, 방점이 찍히는 건 어디까지나 이게 노동 예찬, 개발 예찬이란 점이다.

땀을 흘려라!
돌아가는 기계 소리를
노래로 듣고

이등객차에
불란서 시집을 읽는
소녀야
나는, 고운
네
손이 밉더라.

그 점에서 이 시가 갖는 시대사적 의미는 실로 크다. 시 한 편 읽기의 차원을 떠나 실로 위대했던 대한민국의 한 시대를 연출하는 데 성공한 위대한 지침을 간취해 내는 역사 탐방의 작업으로도 손색없다는 판단 때문이다. 사실 1960~70년대의 한국인 모두가 '고운 손'을 버리고

'일하는 손', '기계를 돌리는 손'으로 바뀌었기 때문에 한강의 기적이 가능하지 않았던가? 「이등객차에…」를 통해, 그걸 연출한 총지휘자 박정희의 멘털을 엿보며 가슴 뛰는 시적 체험이 가능하다는 게 내 판단이다.

실제로 박정희는 5·16 전후에 개봉된 신상옥 연출의 영화 〈상록수〉(1961)를 보고 말없이 눈물을 흘렸다고 한다. 가난으로부터 농촌을 구하겠다는 주인공 채영신의 열정에 감복했기 때문이다. 짐작하다시피 영화는 심훈의 『상록수』(1935)가 원작인데, 박정희의 눈물은 공감에서 비롯됐다. 그 영화를 본 때는 시기적으로도 시 「이등객차에 불란서 시집을 읽는 소녀야」를 쓴 때와 거의 일치한다.

'박정희의 베아트리체' 육영수

그러나 박정희 시 작품의 절반 이상은 아내와 관련됐고, 여기에서 풍부한 인간미를 엿볼 수 있다. 신혼 초기의 달달한 애정 표현에서부터 불의의 순간 곁을 떠난 직후 쏟아낸 폭포수 같은 속울음까지 16편에 달한다. 인간 박정희의 스타일을 여지없이 보여 주는 게 아내 사랑 시가 분명한데, 그중에서도 절절한 것이 신혼을 막 벗은 1952년 7월에 완성한 작품이다.

부산정치파동의 소용돌이가 막바지에 달하던 무렵이었다. 당시 박정희는 '5·16 예습'을 하고 있었다. 군 병력을 움직여 이승만에게 타격을 줄까를 망설이던 초미의 상황, 다른 데 신경을 쓸 여력이 별로 없었다. 그런 와중에 완성한 서정시는 잠든 아내의 모습을 바라보며 "행복에 도취한" 한 사나이의 마음을 고백하고 있다! 바깥일을 한다는 사내란 도무지 다른 것에는 등한한 법이 아니던가. 그런데도 전시(戰時)에다 정치파동, 장래의 거사를 그리는 그런 와중에 섬세한 애정 고백을 시로 남기다니, 심지어 지금으로부터 무려 반세기도 전에 말이다.

첫딸 근혜의 백일잔치 뒤였으니 아빠이자 남편의 뿌듯한 마음을 가늠 못 할 것도 아니다. 한밤 잠든 아내를 지켜보는 박정희의 시선이 느껴진다.

밤은 깊어만 갈수록 고요해지는군
대리석과도 같이 하이얀 피부
복욱한 백합과도 같이 향훈을 뿜을 듯한 그 얼굴
숨소리 가늘게, 멀리 행복의 꿈나라를 거니는
사랑하는 나의 아내, 잠든 얼굴 더욱 어여쁘군

평화의 상징!
사랑의 권화!
아! 그대의 그 눈, 그 귀, 그 코, 그 입
그대는 인(仁)과 자(慈)와 선(善)의 세 가닥 실로써 엮은

일폭의 위대한 예술일진저

[…]

행복에 도취한 이 한밤 이 찰나가

무한한 그대의 인력으로써 인생 코스가 되어 주오

[…]

-「영수의 잠자는 모습을 바라보고」

전형적인 낭만파 사랑의 시이다. 아내를 "일폭(一幅)의 위대한 예
술"이라며 찬양하는 것은 우리가 얼핏 상상하는 '상남자 박정희' 이미
지와 다르다. 작품에 표현된 정서의 성격도 잘 살펴봐야 할 대목이다.
그냥 젊은 커플 사이의 가볍고 달뜬 감정의 표현이 아니다. 삶의 동반
자인 젊은 부부 사이의 신뢰가 우선이다. 자신을 부족하고 미흡하다면
서 "인생 코스가 되어" 줄 아내 앞에 무한 신뢰를 보낸다. 그에게는 남
존여비나 부부유별 같은 전통적이고 봉건적인 남녀관의 흔적이 없다
는 증거이기도 하다.

전시대의 가치관과는 깔끔하게 결별했음을 말해 주는데, 그런 아내
사랑은 그 1년여 전의 작품 「춘삼월 소묘」에도 나타나 있다. 문학적 완
성도로만 보면 박정희 시작 중 최고 수준에 속한다. 1951년 4월 25일
쓴 이 작품은 "경포대 난간에 기대인 나와 영(英)"이라는 표현에서 신
혼 초 박정희와 육영수의 모습을 보여 준다. 깔끔한 데생 능력에 운율

의 구사나 시어의 호흡이 고전적이어서 조선조의 정형시 시조를 연상
케 할 정도다. 특히 그가 언어를 만지는 수준이 예사롭지 않다.

벗꽂은 지고 갈매기 너울너울
거울 같은 호수에 나룻배 하나
경포대 난간에 기대인 나와 영(英)

노송은 정정 정자는 우뚝
복숭아꽃 수를 놓아 그림이고야
여기가 경포대냐 고인도 찾더라니

거기가 동해냐 여기가 경포대냐
백사장 푸른 솔밭 갈매기 날으도다
춘삼월 긴긴 날에 때 가는 줄 모르도다

바람은 솔솔 호수는 잔잔
저 건너 백사장에 갈매기떼 희롱하네
우리도 노를 저으며 누벼 볼거나.

이 작품은 갈매기와 노송, 백사장 등을 관념 속에서 얼기설기 조합한

게 아니다. 9사단 참모장으로 강릉 남쪽 명주군에 주둔하던 박정희는 이해 4월 대령으로 승진했고, 직후 연락병을 보내 대구 시내의 아내를 데려왔다. 전시 상황에서, 역시 군복 차림인 아내를 군용 앰뷸런스에 태워 모셔 오도록 조치했으니 짜릿한 스릴마저 동반한 후방 데이트였을 것이다. 결혼식이 그 4개월 전인 1950년 12월 12일이었으니 실질적인 신혼여행이었다. 따라서 이 시는 경포대 등지를 다녀온 허니문 보고서다.

이 시에서 드러나듯 박정희·육영수 커플은 확실히 유례 드물게 금실 좋은 부부였다. 이 작품의 완성도가 뛰어난 것도, 한번 메모하곤 던져두고 만 다른 작품과 달리 공들여 시어를 만지고 다듬은 탓이다.

그러나 인간 삶은 영속되는 게 아니다. 그렇게 아내를 살뜰히 챙기던 박정희에게 1974년 여름 아내의 돌연한 타계, 그것도 남편인 자신을 겨냥한 흉한(兇漢)의 유탄에 의해서라는 충격이란 가늠하기 힘들다. 감정이 북받치는 상황에서 아내의 추모시를 일기장에 쓴 인간 박정희다.

이제는 슬퍼하지 않겠다고

몇 번이고 다짐했건만

문득 떠오르는 당신의 영상

그 우아한 모습

그 다정한 목소리

그 온화한 미소

백목련처럼 청아한 기품

이제는 잊어버리려고 다짐했건만

잊어버리려고 하면 더욱 더

잊혀지지 않는 당신의 모습

당신의 그림자

당신의 손때

당신의 체취

당신이 앉아 있던 의자

당신이 만지던 물건

당신이 입던 의복

당신이 신던 신발

당신이 걸어오는 발자국 소리

"이거 보세요" "어디 계세요"

평생을 두고 나에게

"여보" 하고 한번 부르지 못하던

결혼하던 그날부터 이십사 년간

하루같이

정숙하고도 상냥한 아내로서

간직하여 온 현모양처의 덕을

어찌 잊으리. 어찌 잊을 수가 있으리.

—「잊어버리려고 다짐했건만」

시작품으로만 보자면 앞의 두 시와 또 다른 맛이다. 진솔하기 때문에 감정이입은 더욱 잘 된다. 절제된 시어를 구사하지 않고 있지만, 그게 강점이다. 순전히 일상 언어만을 펼치는 데다가, 걸러지지 않은 속마음이 남김없이 투영돼 있다.

당시 박정희는 며칠 간격으로, 심지어 하루에도 두 편씩 짝 잃은 남편의 속울음을 시로 써 댔다. 그 여름 쏟아 낸 일곱 편의 작품 중 대표작이 9월 초 쓴 앞의 시다. 중년과 만년의 시는 박정희의 구원(久遠)의 여인 육영수 없이는 나올 수 없었다.

그 못지않게 중요한 점이 따로 있다. 적지 않은 시와 연필 스케치와 스케치, 그리고 노래 작사 작곡 등은 박정희가 생애 내내 가슴이 따뜻했고 살아 움직였음을 보여 주는 증거가 아닐까? 권력이나 큰돈 혹은 사회적 지위 등 강력한 에너지에 노출된 사람은 잠깐 사이에 본래의 자기를 잃어버린 채 다른 사람으로 변할 수도 있다. 그럴수록 삶의 속살과 아기자기한 일상 감각 그리고 균형감각을 잃기 십상이다. 박정희는? 타고난 '시적 인간'이었던 그는 그 함정으로부터 자유로웠던 사람이다. 그리고 그런 측면은 여러 가지로 증명된다.

임과 함께 놀던 곳에

나 홀로 찾아오니

우거진 숲속에서

매미만이 반겨하네

앉은 자리 밟던 자국

체온마저 따스하여라

저도 섬 백사장에

모래마다 밟던 자국

파도 소리 예와 같네

짝을 잃은 저 기러기

나와 함께 놀다 가렴.

―「임과 함께 놀던 곳에」

1975년 7~8월 박 대통령은 육영수가 없는 첫 여름 휴가를 보내야
했다. 이 시는 그 적적한 휴양지에서 썼다. 꼭 한 해 전 아내와 함께 이
곳에서 휴가를 보냈다. 그날 달빛은 교교(皎皎)했다. 내외는 소풍 나온
초등학생처럼 서로의 손목을 부여잡고 백사장을 거닐었다. 단골 레퍼
토리 〈황성 옛터〉가 약속한 듯 두 커플의 입술에서 나왔고, 〈노란 샤쓰
입은 사나이〉도 빠질 리 없었다. 그런 기억을 담은 채 휴양지를 찾은 대

통령은 시 한 편으로 적적한 마음을 달래야 했다.

이 작품은 말하자면 외짝 기러기 신세 박정희의 아내 예찬인데, 오랜 뒤인 2004년 대중가요 작곡가 배준성이 이 서정시에 노래의 옷을 입혔다. 레코딩을 한 가수는 1960년대 〈추풍령〉을 발표했던 남상규다. 남상규는 이 노래를 발표하면서 대통령 내외의 영정을 모신 서울 구기동 자비정사에서 기념행사를 가졌다.

거의 알려지지 않았지만 박정희가 작사한 대중가요가 또 하나 있다.

황파에 시달리는 삼천만 우리 동포
언제나 구름 개고 태양이 빛나리
천추에 한이 되는 조국 질서 못 잡으면
선혈 바쳐 넋이 되어 통곡하리라

영남에 솟은 영봉 금오산아 잘 있거라
세 번째 못 이룬 성공 이룰 날 있으리라
대장부 일편단심 흥국일념 소원성취
못 하오면 돌아오지 아니하리라.

1964년에 레코딩된 〈금오산아 잘 있거라〉이다. 박시춘 작곡의 이 노래는 "꽃 중의 꽃, 무궁화꽃~" 등 1960년대 노래의 전형적인 바탕에 은

근한 심지와 박력이 가미돼 있어 새로운 느낌을 준다.

이 노래는 『박정희 시집』에 나오는 두 편의 시 「국민에게」, 「향토 선배에게」의 일부를 다듬어 각각 1절과 2절로 했다. 두 시를 쓴 것은 1961년 4월 쿠데타를 코앞에 둔 시점이다. 대구의 제2군 부사령관으로 재직하던 그가 금오산 상공을 날아 서울로 올라가며 대장부 기개를 그렇게 담았다. 마침 비행기는 구미 금오산 상공을 날던 차, 쿠데타 지도자에게 비장한 마음 한 자락을 대중적 가락으로 남긴 것인데 '박정희 혁명의 노래'인 셈이다. 더구나 자신이 태어난 경북 선산의 생가가 바로 금오산 남향 아니던가.

하지만 청와대는 훗날 이 곡을 판매금지했다. 아마도 체통에 맞지 않는다고 판단했거나, 5·16 전후 자기 마음이 너무 들여다보이니 불편했을 수도 있다.

어찌 됐든 〈임과 함께 놀던 곳에〉와 〈금오산아 잘 있거라〉, 두 대중가요는 널리 알려졌거나 상업적으로 성공하지는 않았지만 최고지도자가 당대 사람들과 교감하던 흔적이 아닐까?

'가장 성공한 운문' 「새마을 노래」와 「나의 조국」

박정희 작사·작곡으로, 널리 알려지며 '히트 아닌 히트'를 기록한 노래는 뭐래도 〈새마을 노래〉와 〈나의 조국〉이 아닐까?

새벽종이 울렸네

새 아침이 밝았네

너도 나도 일어나

새마을을 가꾸세

살기 좋은 내 마을

우리 힘으로 만드세. […]

-〈새마을 노래〉

백두산의 푸른 정기 이 땅을 수호하고

한라산의 높은 기상 이 겨레 지켜 왔네. […]

-〈나의 조국〉

이 중 〈나의 조국〉은 모두 3절로 됐는데, 행진곡 풍이어서 군가로도 애용됐지만 대통령의 나라 사랑의 체취가 강하게 묻어난다. 이 곡은 '제2의 새마을 노래'로 만들어졌다. 먼저 만들었던 〈새마을 노래〉가 전국에 막 퍼져 가는 새마을운동 열기를 지피는 데 효과적이라고 판단한 박정희가 제2탄을 마저 쓴 것이다.

그렇다. 박정희 작사·작곡의 명품은 역시 〈새마을 노래〉다. 이 노래는 예전에 우리가 너무 자주 들어 식상한 감도 없지 않다. 하지만 요즘 젊은 세대에겐 낯선 곡일 수도 있는데, 그런저런 이유로 역사적 가치는 더욱 더 높아질 것이 분명하다. 사실 노래 자체로만 들어 보면 완성도가 그중 높다. 강건함 일변도의 〈나의 조국〉에 비해, 멜로디에 듣는 이의 기분을 좋게 만드는 흥겨움이 배어 있고, 박정희의 국토 개조의 꿈과 철학도 잘 압축돼 있다.

실은 이 노래가 탄생한 곳은 청와대 샤워실이다. 1972년 4월 목욕을 하던 그는 바닥에 가볍게 미끄러졌는데, 그만 갈비뼈 두 개가 금이 갔다. 한 1주일여 꼼짝 없이 정양을 하던 그는 몸이 근질근질했나 보다. 그러던 중에 악보 초고를 완성했다. 당시 국립교향악단 지휘자 홍연택을 모셔와 머리를 맞대고 뒷부분을 조금 바꿔 이해 5월 확정한 것이 3절까지의 〈새마을 노래〉다. 박정희는 홍연택의 의견을 듣고 수정 대목을 피아노 반주로 들어 본 뒤 "역시 전문가의 견해가 맞다"며 수긍했다. 바로 레코딩 작업에 들어갔는데, 노래를 부른 두 남자는 각각 연세대와 서울대 음대 출신의 군악병이었다.

시집 초판엔 들어 있지 않던 두 작품 〈새마을 노래〉와 〈나의 조국〉 가사를 개정증보판에 싣기로 결정한 것은 너무도 당연하다. 두 노래야말로 20세기 한국인이 가장 많이 부른 노래다. 빈도수만 얘기하는 게 아니라, 개발시대 한국인의 집단정서에 가장 큰 영향을 줬다는 점도 고려했다. 본래 이 시집은 문학 신비주의의 틀을 깨고 문학과 비문학을 가르는 칸막이를 무시하면서 출발한 것 아닌가. 그게 박정희 문학의 너비와 깊이를 재기 위한 방법이라고 믿기 때문이다.

골방에 들어앉은 파리한 얼굴의 문청(文靑)이 쓴 시작품류과는 비교할 수 없는 위력은 너무도 당연하다. 그 점에서 기네스북에 '각국에서 가장 널리 알려지고 성공한 운문' 항목이 있다면 「새마을 노래」와 「나의 조국」은 그 대목의 맨 앞줄에 당당히 올라가야 옳다. 그게 필자인 나만 아니라 한국인 대다수의 견해라는 걸 믿고 시집에 당당히 올렸다. 귀로 오래 들어 온 노래를 활자로 음미해 보는 맛이 또 한 번 새로울 것으로 믿는다.

상식이지만 〈새마을 노래〉 가사 감상의 포인트는 두 가지인데, 우선 그 시를 접할 때 자동적으로 연상되기 마련인 멜로디라인부터 살짝 지워 버리라는 점이다. 그래야 비로소 이 가사가 시작품으로 들어온다. 둘째, 시의 세 번째 연에 등장하는 '소득증대', '부자마을' 등 다분히 산문적인 관청 용어가 과연 서정시에 적당한가에 대한 부정적 선입견을 없애야 한다. 외려 새마을운동의 정신을 상징하기 위해 '새벽종', '새 아침' 등 쉽고도 대중적 용어를 만들어 낸 박정희의 발상이 얼마나 참신한가부터 평가해 볼 필요가 있다. 그걸 가사의 첫 단어로 전진배치한 파격도 흔치 않은 내공을 반영하는데, 그건 시어를 매만지는 손끝의 재주에서 나오는 게 아니다. 이 글 앞에서 언급했던 시의 잔기술을 배제한 큰 씨름꾼다운 능력이라고 나는 믿는다. '새벽종'에 이어 '새 아침'으로 말을 받아 반복 효과를 노린, 의도적인 선동도 눈여겨봐야 한다. 그렇기 때문에 이 시는 외양상 건전가요이고 관제(官製) 가요가 맞지만, 시대를 뛰어넘어 여전한 울림을 가지고 있다.

그렇다. 〈새마을 노래〉 시는 전통적 문학작품이 아니라서 감상도 보통의 다른 시와는 달라야 한다. 즉, 〈새마을 노래〉를 만들기 전후 급박했던 현대사의 흐름과, 박정희의 속마음이 과연 어떠했을까를 차제에 떠올려 보는 것도 이 시에 대한 이해를 온전히 높이는 방식이 아닐까? 고백하지만 내 경우는 1970년대 초반 유신 단행과 함께 한 단계 도약하려 했던 박정희의 이미지가 선명하게 그려진다. 누대(累代)에 걸친 한국인의 가난과 인습을 벗어던지기 위해 누구보다 앞서 혁명의 새벽종을 두드렸고, 역사의 새 아침을 활짝 열었던 그 지도자의 눈물겨운 모습을 지울 수 없다.

시와 함께 수록한 세로본과 가로본의 두 가지 육필 원고(40~41쪽)는 이 노래가 3절까지로 일차 완성됐다가 4절로 확대된 경위를 말해 준다. 1972년 5월 9일이라 적힌 세로본에는 3절 아래 '끝'이라 일단 썼다가, '추가 신설'된 4절을 마저 쓰고 '1973. 11. 22 내장사에서 작사'라고 경위를 밝혔다. 가로본은 더 나아가 각 절과 후렴마다 일일이 의미를 요약하고, 역시 4절을 '신설'이라 밝힌 뒤, 맨 위 원래 날짜를 좍좍 지우고 '1973. 11. 22'로 고쳐 썼다. 즉, 오랫동안 〈새마을 노래〉에서 무언가 미진하다고 생각하던 것을, 1년 반여 고심 끝에 기어이 보완한 것이다. 그게 "우리 모두 굳세게 / 싸우면서 일하고 / 일하면서 싸워서 / 새 조국을 만드세"라는, 한 시절의 시대정신을 상징하는 시어(詩語)로 완성됐다. 앞의 3개 절과는 분위기가 다르다. 그래서 〈새마을 노래〉의 확장이자 완성이라고 나는 판단한다. 즉, 장차 유신으로 자신감을 재충전하고서 새마을운동을 보다 큰 새조국 건설의 희망으로 끌고가려 하는 장려한 비전을 〈새마을 노래〉에서 엿볼 수 있다. 우리의 몰이해와 달리 새마을운동이란 농어촌 소득증대 노력이자, 인간 개조, 사회변화의 큰 꿈을 담고 있는 프로젝트이기 때문이다.

〈새마을 노래〉 성공에 이은 제2탄인 〈나의 조국〉은 분위기가 비슷하면서도 또 다른데, 〈새마을 노래〉가 "한국인이여, 열심히 일하자!"는 권고의 메시지였다면, 〈나의 조국〉은 "우리 이 나라를 뜨겁게 사랑하자"는 절절한 호소다. 너무도 쉽고 분명해서 해설의 여지가 거의 없어 보이지만, 3개 연의 성격이 저마다 다르다는 점을 눈여겨보자. 우리 역사에 대한 대(大) 긍정으로 문을 연 1절, 국토와 문화유산에 대한 자부심을 재확인하는 2절, 그리고 우리의 피와 땀으로 새롭게 창조한 이 조국을 물려줄 역사적 의무감을 다짐하는 3절이 각각 그것이다. 박정희만의 나라사랑 정신이 아니었더라면, 이렇게 강건하면서도 함축적이고 동시에 대중적인 메시지가 나올 수 있었을까?

그렇다면 10대 시절에 쓴 그의 첫 시 「금강산」의 분위기와 「나의 조국」을 잠시 비교해 보는 것도 의미가 있을 듯하다. 금강산 앞에서 머리를 들 수 없다며 조국의 상황 앞에 부끄러움을 토로하던 식민지 치하 소년은 신난간고(辛難艱苦)의 40년 가까운 세월을 견뎌 내고 새 조국 건설의 지휘관으로 우뚝 섰다. 즉, 「나의 조국」이란 노랫말의 탄생 자체가 현대사의 승리를 압축한다. 그렇다면 그런 역사의 큰 변화 속에 "영롱한 아침 해가 동해에 떠오르면 / 우람할손 금수강산 여기는 나의 조국"을 앞장서 노래하던 정치인 박정희의 뜨거운 가슴을 한번 헤아려 보라.

어디 「나의 조국」뿐인가? 이 시집에 수록된 30편은 전체가 현대사 의 승리이자, 문제적 인물 박정희 삶의 족적을 증언해 준다. 그동안 잊 어 온 그의 숨결과 심장 박동을 확인할 수 있다. 그래서 이 시집은 의미 있으며, 또 특별하다. 올해로 탄생 100돌을 맞는 위대한 지도자 박정희 대통령, 대한민국의 어제와 오늘을 만든 그랜드 디자이너인 그분도 이 최초의 시집 출간을 흡족해 하실 걸로 믿는다.